JN383100

우주를
가로지르는 은하향초

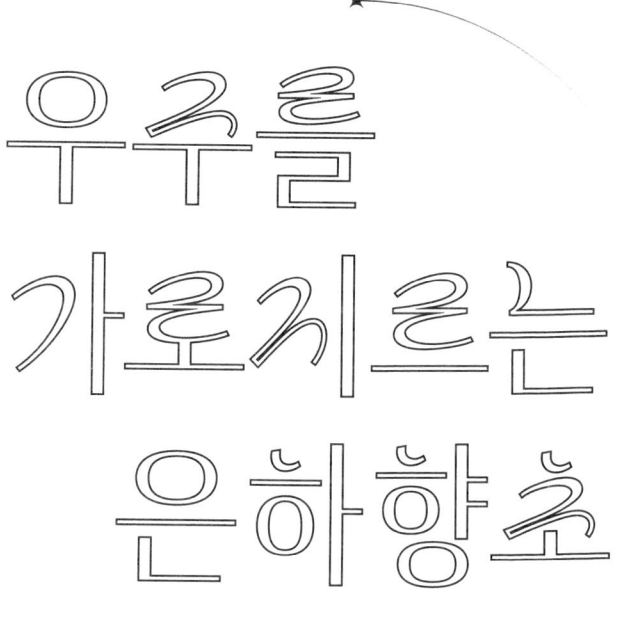

우주를 가로지르는 은하향초

김청귤
연작소설

다산책방

차례

프롤로그 ∘ 6

기분이 좋아지는 레몬 향 ∘ 10

한겨울의 온기 같은 초콜릿 향 ∘ 33

미지의 차 향 ∘ 47

빨갛게 잘 익은 꿀사과 향 ∘ 59

비 오는 날의 숲, 우디 향 ∘ 73

햇볕 아래 빛나는 바다 향 ∘ 91

사랑이 가득한, 새까만 밤의 향 ∘ 115

정성이 담긴 수정과 향 ∘ 138

작가의 말 ∘ 162

프롤로그

빛은 소리보다 빠르잖아. 내가 천둥소리를 무서워하니까, 번개 때문에 하늘이 밝아지면 네가 일하다 말고 달려와서 나를 꼭 끌어안아 줬지. 실은 나이 들면서 천둥소리가 덜 무서워졌는데, 네가 나를 안아주는 게 좋아서 계속 무서운 척한 거야. 몰랐지?

오늘은 천둥번개가 심하게 치고 비가 쏟아져서 하늘에 구멍이 났나 싶을 정도야. 이런 날이면 원두와 그라인더, 드리퍼, 주전자, 전기포트, 차, 머그잔을 바리바리 챙겨 베란다 앞에 자리를 잡아. 타닥거리는 빗소리를 배경으로 수동 그라인더에 원두를 와르르 붓지. 다르르륵, 하고 원두가 갈리는 소리 사이로 시야가 번쩍하고, 향긋한 커피 향기가 집 안에 퍼지면 천둥이 우르릉 쳐.

커피도 못 마시면서 왜 원두를 갈고 있냐고? 너 때문이잖아. 네가 우주로 간 이후로, 난 마시지도 않는 커피 원두를 사. 꽃향기가 난다고요? 이건 견과류 향이 나나요? 꼼꼼하게 물어보지. 신중하게 산 원두를 수납장에 잘 보관했다가, 하늘에 구멍이 난 게 아닐까 싶을 정도로 천둥번개가 치고 거센 비가 내릴 때 꺼내 소원을 빌어.

숨을 쉴 때마다 몸이 이완되는 향긋한 커피 향기를 우주로 보내주세요. 커피를 마시면 잠을 잘 못 자서 오전에 연하게 마시지만, 커피 향기를 맡으면 잠을 잘 자는 애니까, 잘 좀 부탁드려요.

우주여행을 하는 시대에 이게 무슨 미신이냐고, 상식적으로 생각해도 번개와 천둥은 아래로 꽂히는 이미지인데 어째서 비 올 때마다 소원을 비냐고 깔깔거리며 웃지는 마. 그냥 구멍이 뚫렸으니까 향기가 솔솔 위로 가지 않을까 하는 나의 간절한 마음이니까. 뭐라도 바라고 싶은 걸 어떡하겠어…….

너는 왜 그렇게 우주를 좋아했어? 우주는 광활하고 무섭고…… 그래, 맞아. 신비롭지. 우주의 향은 어떨까, 궁금해했잖아. 지구에 있는 향기로는 너의 호기심을 채울 수 없었던 걸까? 매년 새로운 향수가 쏟아져 나오면, 너는 시향하러 달려가서 한두 개씩 사오곤 했었지. 때로는 향수 공방에 가서 직접 만들기도 하고. 계절 따라, 날씨 따라, 기분 따라, 옷차림에 따라 바꿔가며 향수를 뿌렸었잖아. 그런 네가 후각이 둔해져 냄새를 제대로 맡을 수 없다는 우주에 갔다는 게 아직도 믿기지 않아. 지구에서 우주를 떠올리면서 향수를 만드는 걸로는 부족했던 거야? 하긴, 절 향기가 궁금하다며 템플스테이를 하던 너니까 우주도 갈 수 있었겠지?

우주로 나가도 우주선 안에 있고, 우주선 밖으로 나가더라도 우주복을 입고 있어서 우주의 향기는 맡지 못할 텐데 말이야. 왜 우주까지 나가야 했는지 모르겠지만, 네 호기심을 어떻게 말리겠어.

오늘도 너를 위해 커피를 내리고, 너를 기다리면서 차를 마셔. 은하수 중심에는 포름산에틸이 있는데, 이게 파인애플의 향을 이루는 물질이래. 거기서 착안해 만든 차가 있다고 해서 샀는데 향이 새콤달콤하니 맛도 좋아. 네가 이 차를 마시면 무슨 말을 할지 궁금해. 와, 우주의 향기다! 이렇게 말을 할까? 아니면 이건 우주의 향기가 아니야. 내가 우주에 갔다 온 사람으로서 말하는데, 하면서 재잘재잘 말을 할까.

네가 푹 잠들 수 있는 향기를 우주로 보낼 테니까, 얼른 무사히 돌아와서 내게 우주의 향기를 알려줘.

기분이 좋아지는 레몬 향

하늘이 뚫린 것처럼 거센 비가 내렸다. 마녀는 김이 모락모락 올라오는 커피잔을 옆에 둔 채 카운터에 앉아 밖을 바라봤다. 인적이 드문 곳에 있어서 그런지 밖에는 돌아다니는 사람이 한 명도 없었다. 이렇게 아무도 오지 않아도 좋겠다는 생각을 하며 차를 한 모금 마셨다.

그때였다. 꾹 닫혔던 문이 열리며 문틈 사이로 거세게 내리는 빗소리와 함께 온몸이 푹 젖은 누군가가 들어왔다. 푸른색 체크무늬 셔츠와 청바지에서 물이 뚝뚝 떨어지며 바닥에 작은 물웅덩이가 생겼다. 마녀는 곧바로 수건을 가져와 손님에게 내밀었으나 손님은 수건을 받을 정신도 없는지 멍하니 서 있기만 했다.

마녀는 손님에게 말을 건네는 대신 물이 뚝뚝 떨어
지는 머리를 수건으로 조심스럽게 닦아줬다. 어느 정
도 물기를 닦아냈는데도, 얼굴에 흐르는 물이 멈추지
않았다. 눈물이었다. 마녀는 손님이 춥지 않도록 가게
안에 훈풍을 퍼뜨린 뒤 손님을 의자에 앉히려고 팔을
잡았다. 손에는 밝은 갈색의 고양이 인형이 있었다. 그
게 손님 눈에도 들어왔는지 아까보다 더 많은 눈물을
흘렸다.

"치즈가…… 치즈가 죽었어요……."

손님이 인형을 소중히 안았다. 인형이 흠뻑 젖은 탓
에 물기가 주르르 흘렀다. 손님의 손이 파르르 떨리는
건 추위 때문만은 아닐 것이리라. 갑자기 찾아온 존재
지만, 비가 보내준 것이라 생각하고 손님으로 받아들
이는 것도 좋을 터였다.

"마지막으로 한 번 더 만나고 싶나요?"

"만나고 싶어요. 한 번만이라도 보고 싶어요. 꿈에
서라도 보고 싶은데 나오지도 않아요. 너무 보고 싶어
요……."

"그 인형은 치즈가 좋아하던 게 맞죠?"

"네. 이걸 제일 좋아했어요. 이 인형을 물고 와 제 옆
에서 잠들었죠."

그렇게 말하는 손님의 얼굴에 흐릿하지만 웃음이 걸렸다. 생각만으로도 온기가 도는지 손님의 얼굴이 한결 나아졌다.

"그 인형을 제게 주면 치즈를 만날 수 있게 해드릴 게요."

손님은 그 말을 듣자마자 눈을 크게 뜨더니 목이 떨어질 것처럼 고개를 끄덕이고 망설임 없이 인형을 내밀었다. 마녀가 인형을 받아들고 어루만지자 어느새 보송보송 말라 있었다.

"손님이 좋아하는 향이 뭔가요?"

손님은 갑자기 향은 왜 물어보냐는 듯 의아한 표정을 짓더니 이내 주위를 둘러보고 고개를 끄덕였다. 가게 곳곳에 드문드문 있는 향초를 보고 자신이 들어온 곳이 향초 가게라는 걸 이제야 안 것 같았다.

"레몬 향이요."

"알겠습니다. 완성되면 알려드릴게요. 언제든지 편할 때 오시면 돼요. 그럼 조심히 가세요."

마녀의 손에는 어느새 우산이 들려 있었다. 손님은 마녀에게 우산을 건네받고 가게 밖으로 나갔다. 팡, 하고 펴진 우산을 쓰고 망설임 없이 걸어갔다. 그 모습까지 확인한 뒤 마녀는 인형을 들고 향초 제작실로 들어갔다. 이제 향초를 만들 시간이었다.

* * *

〔향초가 완성되었습니다.〕

세즈는 메시지를 확인하고 자리에서 일어났다. 하늘
이 맑고 푸르러서 창문을 활짝 열고 집 정리하기 좋은
날이었다. 집 안 곳곳에는 치우지 못한 치즈의 물건들
이 가득했다. 치즈가 가지고 놀던 붉은 털실 뭉치, 창
밖을 편하게 구경하라고 달아둔 해먹, 여기저기 둔 물
그릇, 주방 수납장 한 칸을 차지한 각종 사료와 간식
들. 무엇보다 방 하나를 차지한 캣타워는 날을 잡고 해
체해야 할 만큼 컸다.

자잘한 것보다 캣타워를 먼저 정리하기로 했다. 질
이 좋고 튼튼하기로 유명한 제품이라 중고로 팔아도
큰돈을 받을 수 있겠지만, 세즈는 고양이를 기르는 후
배에게 선물해 주기로 했다. 마스크를 쓰고 공기청정
기를 켠 다음 차분하게 캣타워를 해체했다. 해체하는
방법은 간단했으나 세즈의 손은 아주 느렸다. 나사 하
나를 빼면 퇴근하고 돌아왔을 때 자고 있다가 후다닥
내려와 치대던 치즈의 모습이, 나무판을 들어 올리면

중간층에서 식빵처럼 웅크리고 꼬리를 살랑거리던 모습이, 한쪽에 내려놓으면 삐져서 제일 아래에 있는 숨숨집에 들어가던 모습이 떠올랐기 때문이었다.

"원래는 이 방을 작업실로 쓰려고 했는데……."

치즈는 부상을 입은 채 길 한쪽에서 숨을 헐떡거리며 누워 있던 고양이었다. 누군가 해코지했는지 여기저기 피범벅이 된 모습에 얼마나 마음이 아리던지. 원룸에 살았을 때부터 나중에 괜찮은 집을 구하게 되면 꼭 작업실을 만들고 싶었지만, 방 하나를 치즈만을 위한 공간으로 만들 만큼 치즈를 사랑했다. 일이야 침대 위나 식탁에서 해도 되는 거니까. 식탁에서 일을 하고 있으면 치즈가 온 집 안을 휘젓고 다니는 걸 볼 수 있어서 즐거웠다. 무릎 위로 올라와 잠이 들면 따끈따끈한 온기가 전해지며 정신을 쏙 빼앗아 일하기가 어려울 정도였지만, 세즈는 결코 치즈를 방에 가두고 일하지 않았다.

이런저런 생각을 하고 있는데 메시지 알림음이 들렸다. 후배가 한 시간 뒤에 온다는 내용이었다. 넋 놓고 생각에 빠져 있을 시간이 없었다. 세즈는 부지런히 캣타워의 부품을 해체하고 물수건으로 먼지를 닦은 뒤 현관 앞에 차곡차곡 쌓았다.

캣타워, 사료, 간식, 화장실 모래까지 실어주고 돌아왔더니 벌써 저녁때였다. 후배가 물건을 받은 보답으로 저녁 식사를 사준다고 했지만 다음으로 미뤘다. 안쓰러운 눈빛을 받으며 밥을 먹고 싶지 않았다.

세즈는 간편식을 전자레인지에 데우고 식탁 앞에 앉았다. 홀로그램 재생기를 켜니 거실 한가운데에 치즈가 나타났다. 치즈는 살아 있을 때처럼 기지개를 켜고 우다다 거실을 뛰어다녔다. 이걸 찍을 때의 광경과 지금 거실의 광경이 조금 달라서 노는 모습이 맞지 않았다. 세즈는 자리에서 일어나 치즈의 물그릇과 방석을 옮겼다. 지금은 공놀이를 하느라 사방팔방 뛰고 있었는데, 치즈의 움직임에 따라 공을 이리저리 던지고 찾아오다가 마음이 허해져 도로 식탁 앞에 앉았다.

"개조할 걸 그랬나……."

그러나 후회는 잠깐이었다. 치즈의 마음도 모르면서, 그저 오랫동안 함께 있고 싶다는 마음만으로 치즈를 제멋대로 개조하고 싶지는 않았다. 그래서 치즈는 집에서 기르는 고양이 중에서도 보기 드물게 개조한 부분이 한 곳도 없는 순수 고양이었고, 주어진 수명대로 살다가 잠든 것처럼 떠났다. 대신에 홀로그램을 아주 많이 찍었으니 괜찮을 거라고 생각했는데 아니었다. 하나도 괜찮지 않았다. 진짜 치즈를 끌어안고, 코를 박고 숨을 쉬고, 콩닥거리는 자그마한 심장을 느끼고 싶었다. 몇 번이나 뽀뽀를 하고 배를 만져도 귀찮은 기색 없이 다 받아주는 치즈가 보고 싶었다.

식사는 이미 다 식어버렸다. 다시 데워야 했지만 일어날 수가 없었다. 식탁 위에 올라온 치즈가 고개를 묻고 자고 있었으니까. 손을 뻗어도 만질 수 없는 걸 안다. 그래서 세즈는 밥그릇을 옆으로 치운 뒤 팔을 베고 치즈를 가만히 바라봤다. 뒤가 훤히 비치니까 유령 같기도 했다.

차라리 유령이면 좋을 텐데. 나와 눈을 마주치고, 내가 하는 행동에 반응해 줄 텐데.

세즈는 자기 전까지 식탁 위에서 잠든 치즈의 홀로그램을 바라보다가, 방 안에 있는 홀로그램 재생기를 켜서 침대에 누운 치즈의 홀로그램 옆에서 잠들었다.

치즈가 무지개다리를 건넌 뒤 회사에 출근하는 첫날이었다. 자리에 앉으니 직장 동료들이 하나둘 모여들었다.

"세상에 세즈 씨 얼굴 좀 봐. 그동안 밥도 안 먹은 거야? 에너지바라도 줄까?"

"그동안 잘 못 먹긴 했는데 오늘 아침은 챙겨 먹었어요."

"그래요. 잘 챙겨 먹어야죠. 시간이 약이니까 곧 괜찮아질 거예요. 나도 몇 년 전에 예삐 보내고 엄청 힘들었는데, 새로 뽀삐를 데려오니까 또 행복하더라고요. 세즈 씨도 다른 고양이 데려오는 것도 생각해 봐요."

다른 고양이……. 나중에, 시간이 아주 많이 흐른 뒤에는 새로운 가족을 맞이할 수도 있겠으나 지금 당장은 아니었다. 차라리 고장 나면 수리할 수 있는 로봇 고양이가 나을지도 모르겠다. 혹은 온라인에서 홀로그램으로 키우거나. 그러나 세즈는 이런 생각을 말하는 대신 감사하다며 작게 웃었다.

대화는 강아지, 아기, 카페, 오늘의 점심 메뉴 등 두서없이 흘러갔다. 일상적인 이야기 사이에서 슬픔만 가득했던 마음이 조금씩 풀어지려는 찰나 누군가가 혀를 차며 말했다.

"요즘같이 중요한 때 휴가나 내고 말이야. 그러게 진작 개조하지 이게 뭐 하는 짓이야?"

만년 과장이었다. 저런 행동만 봐도 왜 승진을 못 하는지 알겠는데, 본인은 승진에서 번번이 미끄러지는 이유를 모르겠다고 화를 내는 게 이상했다. 세즈는 입을 다물었고, 주변에 있는 사람들 또한 한숨을 삼키며 외면하거나 과장에게 짧게 인사했다.

"주인이나 고양이나, 어휴. 주인이 개조 못 한다는 이유로 고양이를 개조 안 해주는 건 무슨 심보래? 오래 살고 싶었는데 주인 때문에 일찍 죽은 건 아닌지 모르겠네. 고양이만 안됐지."

세즈가 몇 개월 동안 병가를 자주 내긴 했다. 요즘처럼 아픈 부분이 있으면 바로 수술을 해서 고칠 수 있고 수술로도 안 되면 새로운 신체로 교체할 수 있는 세상에 특이한 일이었다. 그러나 세즈는 금속 알레르기가 있어서 함부로 몸을 개조할 수 없었다. 그래서 할수 있는 일이 제한되었지만, 디자인 솜씨가 훌륭한 덕분에 대체할 수 없는 직원이라 회사도 감안하고 스카웃했었다. 만년 과장이 고속 승진을 할 수 있는 재원을 질투하는 건 어찌 보면 당연한 일이었다. 그걸 알기 때문에 세즈도 과장이 하는 말을 흘려 넘기고는 했으나 치즈와 관련된 말은 참을 수가 없었다.

"과장님. 그거 비개조 인간을 차별하는 발언인 건 알고 계십니까?"

"뭐, 뭐라고?"

"이번이 처음이 아닌 것도 아시죠? 혹시라도 과장님이 신고당할까 봐 걱정되니까 그런 발언은 조심하시면 좋겠습니다."

"어흠, 흠흠. 아니 또, 내가 뭐 그리 심한 말을 했다고 그러나……. 지금 9시 30분이네! 회의하게 얼른 들어와!"

엉덩이에 불이 붙은 사람처럼 급하게 회의실로 달려가는 뒷모습을 노려볼 수밖에 없었다. 눈에 고이는 눈물이 아직 떨어지지 않은 건 눈을 깜박이지 않고 힘주고 있기 때문이라고 착각할 수 있도록.

내가 비개조 인간이기 때문에 치즈를 마음대로 할 수 없다는 핑계를 대며 개조하지 않은 걸까? 치즈는 오래오래 살고 싶었을까? 아무리 물어도 알 수 없었다. 신체를 개조할 수는 있어도 고양이가 하는 말을 알아들을 수 있는 기술은 없었으니까.

향초 가게 사장님이 치즈를 마지막으로 한 번 더 만나게 해주겠다고 한 게 떠올랐다. 어떻게 볼 수 있는 걸까. 홀로그램을 더 생생하게 만들어주는 특별한 기술이라도 있는 걸까? 아니면 최면요법을 통해 과거의 치즈를 만나게 해준다는 걸까? 어쩌면 사기꾼일 수도 있었다. 인형을 놓고 오기도 했고 확인하지 않으면 모를 일이니까, 휴일에 가기로 결심했다. 제발 치즈를 한 번 더 볼 수 있다면……

당장 가고 싶었지만 회사에 나오지 못한 동안 일이 잔뜩 쌓여 있었다. 일을 처리하다 보니 향초 가게에 관한 건 까맣게 잊고 말았다. 오히려 바빠서 좋았다. 치즈를 떠올릴 수 없을 정도로 몸을 혹사하고 나면 기절하듯이 잠들 수 있었다. 대신 너무 피곤한 나머지 꿈도 꾸지 않아 치즈를 볼 수 없었지만.

그러나 급한 일이 해결되고 한가해지니 치즈가 머릿속에서 떠나지 않았다. 치즈의 물건을 하나씩 치울 때마다 슬픔에 잠기는 것도, 회사에서는 아무렇지 않은 척하는 것도 힘들었다. 그러다가 문득 향초 가게에 가기로 결심했던 게 생각났다.

인터넷으로 향초 가게를 검색해도 아무것도 나오지 않았다. 요즘 세상에 가게 이름조차 나오지 않는다는 게 이상했다. 정말 수상해서 가고 싶지 않았으나, 인형을 돌려받아야 했다.

메시지를 거슬러 올라가니 향초 가게에서 온 문자를 찾을 수 있었다. 다행히 가게로 오는 길이 첨부되어 있어 그걸 보며 찾아가 봤다. 한 바퀴 돌았는데 보이지 않아 다시 한번 메시지를 살펴보고 고개를 들었더니 통창 너머로 온통 검은색인데 색색의 향초가 별처럼 자리 잡아서 우주를 떠올리게 하는 가게 안이 보였다.

어떻게 이런 가게를 못 보고 지나친 거지? 처음 온 것도 아닌데 왜 이렇게 생소해 보이는지 모르겠다. 그때는 슬픔 때문에 무언가를 보고 기억할 정신이 아니긴 했지만, 이렇게 독특하고 분위기 있는 가게를 기억하지 못하는 것도 어려울 것 같았다.

카운터 옆쪽으로 문이 있었는데, 은은하게 반짝거리는 반투명한 커튼이 쳐져 있었다. 창고 혹은 작업실인 것 같았다. 누군가가 그 문에서 나오더니 진열장 안에 향초를 넣고 있었다. 밤을 뚝 잘라 이어 붙인 것처럼 검은 머리카락이 찰랑거렸다. 그때 봤던 사람인지 생김새를 떠올려보려고 해도 기억나지 않았다.

망설이다가 문을 열고 들어갔다. 인기척을 느꼈는지 진열장 문을 닫던 사람이 이내 고개를 돌리고 상냥하게 인사했다.

"안녕하세요. 우주를 가로지르는 은하향초입니다."

생각지도 못한 미인이라 순간 정신이 멍해졌다. 이렇게 우아한 가게에서 일하니 잘 차려입을 것 같았는데, 편해 보이는 하얀색 오버사이즈 티셔츠에 진청바지를 입고 있었다. 그 모습도 무척이나 잘 어울렸다. 어떻게 이런 사람을 기억 못 할 수 있지? 치즈, 맞아. 치즈를 보낸 슬픔 때문이었다. 여기에 온 것도 치즈 때문이었고.

"안녕하세요, 사장님. 향초가 완성되었다는 연락을 받아서 왔는데요."

"치즈, 맞죠?"

"네, 네. 맞아요, 치즈."

"이쪽으로 따라오세요."

사장님은 굳게 닫혀 있던 문을 열고 손짓했다. 복도가 옆으로 이어져 있어서 어떤 공간인지 알 수는 없었다. 순간 두려움이 생겼으나 부드럽게 웃는 얼굴을 보니 홀린 듯이 발이 떨어졌다.

"오셔서 다행이에요. 그래도 빨리 오셨네요."

"네?"

연락받은 지 한 달이나 넘은 시점이었다. 인형만 건네주고 왔는데도 다 만들었다고 연락이 왔다. 돈을 내지 않았는데 불안하거나 초조하지도 않았을까? 아니면 왜 이렇게 늦게 왔냐고 돌려 말하는 걸까? 회사 일이 바빴다고 핑계를 대야 할지, 더 빨리 오고 싶었다고 변명해야 할지 고민하고 있을 때 사장님의 말이 이어졌다.

"보통 기회가 단 한 번뿐이라 하면 망설이다가 아주 나중에 오는 분도 있거든요. 세즈 님은 빨리 오신 편이에요."

그제야 안심하고 주위를 둘러봤다. 안이 이렇게 깊었나? 문도 여러 개였다. 안쪽도 가게처럼 은은하게 반짝거리는 짙은 남색으로 되어 있어서 우주를 걷고 있다는 착각이 들었다.

"안에 들어가면 소파가 있거든요. 거기 앉아서 기다리세요. 저는 숙성실에서 향초를 꺼내올게요."

특이하게 방 한가운데에 일인용 소파가 있었다. 그 옆에는 검은색으로 된 작은 탁자가, 벽 쪽에는 나무 의자가 있었다. 그것 말고는 아무것도 없었다. 벽에 그림이나 사진 같은 것도 없었고, 바닥에 화분도 없었다. 다시 무서워졌으나 소파에 앉으니 몸이 이완되며 너무 편안해져서 감탄이 나오고야 말았다. 걸리는 것도 불편한 것도 하나 없이, 허공에 둥둥 떠 있는 것 같았다. 사장님이 오시면 어디서 산 제품인지 물어봐야겠다고 생각할 정도였다.

문이 열리고 사장님이 안으로 들어왔다. 손에는 보자마자 치즈가 떠오르는 밝은 금갈색 향초가 들려 있었다. 방 안 가득 풍성하게 차오르는 레몬 향에 마음이 싱그러워졌으나 그보다 더 큰 슬픔이 밀려와 눈물이 그렁그렁 차올랐다.

괜찮다가도 사소한 것에 누가 버튼을 누른 것처럼 왈칵 슬픔이 차올랐다가 또 일상생활을 하곤 했다. 밥을 먹고 고기반찬을 먹다가도 치즈가 닭고기를 좋아하는 게 떠올라서 울고, 목이 메어 미역국을 떠먹다가 자신의 꼴이 웃겨서 미친 사람처럼 웃던 게 바로 어제였다.

여기서는 치즈를 생각나게 하는 색을 봤다고 눈물이 날 줄이야. 세즈는 애써 울음을 삼켰다. 어두워서 우는 걸 못 봤는지 모른 척해주는 건지, 사장님은 아무렇지 않게 탁자 위에 향초를 올려놨다.

"치즈에게 갈 수 있는 향초예요. 향은 세즈 님이 좋아한다고 했던 레몬 향이고요."

"치즈에게…… 어떻게 갈 수 있다는 거예요? 역시 최면인가요? 제가 비개조 인간이라 최면이 잘 걸릴 것 같았나요?"

"음, 세즈 님은 무언가 알고 온 게 아니라 발길 닿는 대로 제 가게에 오게 된 거였죠. 그럼 설명이 부족했네요. 여기에서는 보고 싶은 존재를 만나게 해주는 향초

를 판답니다. 향초를 피워 우주를 가로지르는 터널을
만들고, 그 터널을 통과하면 그리운 이를 만나게 되
죠."

"우주를 가로지르는 터널이라고요?"

"그럼요. 아, 여기부터 설명해야겠구나. 행복한 이들
은 죽어서 별이 된답니다. 이 향초를 통해 터널을 만들
어 그 별로 가는 거예요."

설명을 들을수록 어이가 없었다. 어린아이도 믿지
않을 허무맹랑한 소리였다.

"어린아이도 믿지 않을 소리가 아니라 정말이라고
요. 다정함 속에 둘러싸여 행복한 기억을 많이 간직한
채로 죽으면 그걸 양분 삼아 별이 될 준비를 해요. 별
이 되기 위한 시간이 필요하긴 한데, 그건 존재마다
다르고요. 그리고 별이 된 존재를 만날 수 있게 해주는
게 이 향초랍니다."

거짓말쟁이에 사기꾼이다. 그런 생각을 하면서도 혹
시나, 진짜면 어쩌지, 그런 생각 때문에 입술이 파르
르 떨렸다.

"그러면…… 그러면 레몬 향이면 안 되는 거 아닌가
요? 레몬은 고양이에게 위험하잖아요. 치즈한테 안 좋
은 영향을 주면 어떻게 해요?"

"괜찮아요. 세즈 님의 몸과 마음을 편안하게 하기 위해 가장 좋아하는 향으로 만들었을 뿐, 치즈에게 안 좋은 영향은 전혀 없답니다."

사장님이 손가락 끝에서 나온 불꽃으로 향초에 불을 붙였다. 세즈는 저도 모르게 그 손끝을 바라봤다. 아무런 장치도 보이지 않는데 신기술이 나온 건가? 보이지 않는 입자를 충돌시켜 향초에 불붙이기? 언제 이런 기술이 나왔지? 그런데 고작 불을 붙이는 데 쓰기에는 너무 효율이 좋지 않은데. 아직 연구 중인가? 저도 모르게 분석하고 생각하려 했지만, 불을 붙이자 더 다채롭고 풍성하게 흐르는 레몬 향에 마음이 천천히 이완되었다.

"이건 기술이 아니라 마법이라고 하는 거예요. 생각해 보세요. 제가 마녀가 아니라면 어떻게 우주를 가로질러 치즈를 만나게 하겠어요? 아무리 과학이 발전했다고 해도 이곳 지구 내의 워프 장치는 개발 중이고, 광속 우주선은 소설이나 영화 속에만 있는데 말이죠. 아무리 몸을 개조해도 우주복 없이는 우주에서 10분도 있을 수 없잖아요."

그 말에 피식 웃음이 나왔다. 세즈는 우주복을 디자인하는 일을 하고 있었다. 사장님, 아니 마녀의 말이

맞았다. 사람이나 동물의 신체를 개조하고, 사람과 안드로이드를 구분할 수 없는 시대라지만 인간은 우주선과 우주복이 없으면 우주로 나갈 수 없었다.

"그러면 언제 터널이 열리죠?"

"그건 알 수 없어요. 그렇지만 터널이 열리면 자연스럽게 건너갈 수 있을 거예요. 그때까지 혼자 있고 싶으신가요? 아니면 이야기를 들어드릴까요? 어느 쪽도 괜찮아요. 이야기를 듣는 것도 제 일이에요. 게다가 보고 싶은 이를 간절히 떠올릴수록 터널이 더 빨리 열리기도 하고요."

치즈에 관한 이야기……. 세즈는 입을 열기도 전에 눈물이 나올 거라 생각했지만, 향초 덕분인지 입가에 잔잔한 웃음을 매단 채 말을 할 수 있었다.

"치즈는 제가 출근길에 자주 보던 아이였어요. 처음에는 경계했는데, 제가 볼 때마다 닭가슴살도 주고 물도 주고 했더니 어느새 제가 보이면 맹맹거리면서 밥을 달라고 울었죠. 어느 날 회식을 했는데 술에 너무 취한 거예요. 저도 모르게 길에서 잠들었나 봐요. 눈뜨니까 옆에 치즈가 있더라고요. 얼마나 따뜻하던지, 치즈가 아니었으면 감기에 걸렸을 거예요. 그러고서 바로 집으로 데려왔죠."

"치즈가 세즈 님을 지켜준 거군요. 손님이 치즈를 다정하게 대해주니 치즈도 손님에게 다정했나 봐요."

마녀는 벽 쪽에 있던 검은 의자를 향초 너머에 두고 앉았다. 불꽃이 일렁일 때마다 마녀의 모습이 보였다 사라지며 이 방 안에 있되 있지 않은 것 같은 신비감이 더해졌다.

"어쩌면 제가 비개조 인간이라 그럴지도요. 알레르기 때문에 개조를 못 했거든요. 동물들, 특히 고양이는 신체 개조 비율이 낮은 사람을 더 좋아한다고 하잖아요."

자조적인 말이었다. 비개조 인간이니 당연히 개조 인간보다 생이 짧을 수밖에 없었다. 그래서 몇몇 사람들이 주인이 비개조 인간이어서 고양이도 개조하지 않았다며 불쌍하다고 말하는 것도 알고 있었다. 더 좋은 주인을 만나 오래오래 건강하게 살 수도 있었다는 말을 속삭이는 것도 들었다.

"어떤 분들은 반려동물을 먼저 떠나보내기 싫다고 인공장기로 바꿔주는데 전 잘 모르겠어요. 동물용 인공장기를 만드느니 동물용 번역기를 만드는 게 더 나았을 것 같아요. 물론 아예 다른 종의 언어를 번역한다는 건 어렵죠. 사람과 사람간의 대화도 100퍼센트 번

역하지 못하니까요. 그치만 동물들이 무슨 생각을 하는지 조금이라도 알면 좋았을 거라는 생각이 들어요. 인간은 삶과 죽음을 선택할 수 있지만 동물은 아니니까요."

그래서 마녀가 하는 말을 듣고 놀랄 수밖에 없었다. 독심술을 쓰는 게 아닌가 하는 의심이 들었으나 마녀의 말이 맞긴 했다. 사람들은 동물의 의사도 묻지 않고 그저 오래오래 같이 살고 싶다는 이유로 부품을 교체하듯 노화된 신체와 장기를 바꿨다. 더 비싼 장비로 바꿔주는 걸 사랑이라 생각하는 사람들도 있었다. 그런 사람들 눈에는 세즈가 치즈를 사랑하지 않는 것처럼 보이겠지.

"세즈 님은 치즈에게 다정한 가족이었어요. 치즈를 위해 제일 좋아하는 레몬 향도 멀리했잖아요. 치즈의 일부분을 기계로 만들고 집 안 곳곳에 레몬 향을 뿌릴 수도 있었는데 하지 않았죠. 그건 분명 사랑이에요."

어떻게 이렇게 위로가 되는 말만 해주는 걸까. 알아차리지 못한 사이에 눈물이 줄줄 흐르고 있었다. 두 손으로 얼굴을 가리자 캄캄해졌다. 어둠 속에서 그리운 치즈의 모습이 선명하게 떠올랐다.

"세상에는 세즈 님처럼 다정한 사람도 있지만 그렇

지 않은 사람도 있답니다. 그래서 아직도 우주에 빈 공간이 많나 봐요.

세즈 님이 주고 간 인형을 통해 치즈의 마음을 알수 있었어요. 눈이 마주치던 기억, 머리를 쓰다듬던 온기, 함께 나눴던 대화, 창밖으로 보던 풍경, 귀를 간질이던 빗소리, 온몸을 진동하게 했던 당신의 심장소리……. 아주 행복한 기억들에 우주의 기운이 모여 별의 씨앗이 되고, 시간이 지날수록 조금씩 커져요. 맞아요. 그게 향초의 숙성기간이랍니다. 행복하면 행복할수록 별이 되는 속도가 빨라지고, 숙성기간도 짧아지지요.

그러니까, 숙성기간이 짧은 손님은 아주, 아주, 아주 좋은 주인이었어요. 그만 울어요. 이제 만나러 가야죠."

만나러? 깜짝 놀라서 손을 내리자 눈앞에 알 수 없는 공간이 열리는 게 보였다. 향초의 불꽃처럼 은은하면서도 치즈의 털색처럼 다정하고 따뜻한 금갈색빛이 이리저리 뒤섞여 폭죽처럼 터지고 있었다.

"어떻, 어떻게……."

"치즈가 좋아하는 인형에 담긴 영혼의 흔적을 담아 향초를 숙성시키다 보면, 우주에서 별이 탄생하며 생기는 진동과 맞닿아요. 그럼 향초에 좌표가 새겨지거든요. 향초를 태워 터널을 만들면 연결이 돼요. 향으로 세즈 님의 마음을 안정시켜서 세즈 님의 영혼을 터널 저편으로 보내는 저만의 비법이랍니다."

영혼이라고? 저도 모르게 뒤를 돌자 웃으면서 잠이 든 자신의 모습이 보였다. 마치 치즈를 곁에 두고 잘 때처럼 행복한 모습이라서 예상하지 못한 상황이 무섭지 않았다. 오히려 몸이 가벼워서 어디든 갈 수 있을 것 같은 자신감이 생겼다.

"이 향초의 터널이 사라지면 다시 돌아오게 될 거예요."

마녀의 손을 따라 시선을 옮기니 가운데만 녹아 액체가 찰랑거리는 향초가 보였다. 터널링 현상이었다. 향초의 터널이 우주로 가는 터널이 되다니, 정말 마법이었다.

"그곳에 남으려고 버티지는 마세요. 그러면 영영 깨어나지 못하게 될 테니까. 치즈가 아주 슬퍼할 거라고요."

"치즈를 다시 만날 수 있을까요?"

"치즈의 마음이 우주에 울리고, 세즈 님이 별이 될 만큼 상냥하고 다정하다면, 세즈 님이 끝없는 잠에 빠졌을 때 치즈와 아주 가까운 곳에서 별이 될 수 있어요. 그러니까 따뜻한 마음을 잊지 마세요. 잘 다녀오세요."

세즈는 망설임 없이 터널 안으로 들어갔다. 은하향초의 사장이자 마녀는 커다랗게 변한 불꽃을 작게 만들어 터널이 만들어지는 속도를 조절했다. 세즈와 치즈가 조금이라도 더 오래 함께할 수 있도록. 향초에는 신비한 힘이 있어서 들어가자마자 눈 깜짝할 사이에 별이 된 치즈를 만났을 것이다.

다정한 당신이 행복하기를.

한겨울의 온기 같은 초콜릿 향

엄청 맛있는 게 먹고 싶었다. 마녀는 기나긴 시간 동안 존재했기 때문에 먹는 것에 특별한 흥미가 없었으나, 때때로 맛있는 게 먹고 싶어 견딜 수 없어졌다. 인간의 신체를 가지고 있지만 인간에서 벗어났기에 생리도 하지 않는데 왜인지 모르겠다. 몸이 인간일 때의 기억을 간직하고 있는 걸까. 눈과 혀가 즐거운 음식이 계속 생각났다.

창밖을 보니 고즈넉한 주택가 풍경이 보였다. 향초 가게는 마녀의 의지와는 상관없이 비정기적으로 이동하고, 도착해서야 어디인지 알 수 있기 때문에, 근처에 좋은 레스토랑이 있기를 바라는 수밖에 없었다. 향초 가게가 있는 위치를 중심으로 검색을 해보니 요리

사가 손님의 컨디션과 입맛에 맞는 음식을 선보인다는 '매난국죽' 레스토랑이 있었다. 이 행성에서 아주 유명한 레스토랑인 듯했다. 다행히 예약 시스템이 10분 뒤에 열린다고 떴다.

타이머까지 맞추고 기다렸다. 그러나 예약 시스템이 열리긴 한 건지, 순식간에 예약이 차버린 건지 모르겠지만 계속 클릭해도 다음 화면으로 넘어가지 않았다. 자신처럼 새로고침을 하는 사람이 많았는지 결국 서버가 터지고 말았다. 아무리 과학기술이 발전해도 사이트가 터지는 건 어쩔 수 없구나. 어떻게 된 일인지 검색해도 딱히 나오는 건 없었다. 매난국죽 예약에 성공한 사람이 있긴 있냐고 묻는 말뿐이었다. 예약 시스템 자체가 열리지 않았다는 말이 많았다. 예약을 받지 않으면 안내 사항이 있었을 텐데 사이트가 터져서 확인할 수도 없었다.

먹지 못한다고 하니 더 간절하게 먹어보고 싶었다. 매난국죽의 다른 메뉴들도 맛있지만, 제인 가람 셰프가 만드는 건 차원이 다르다는 후기를 몇 개나 봤는지 모르겠다. 기계도 잡아내지 못할 섬세함으로 각자에게 맞는 요리를 내주는데, 먹으면 마음이 따뜻해져서 눈물까지 흘렸다는 리뷰도 있었다.

이 행성은 도우미용 안드로이드를 사람과 구분할 수 없을 정도로 정교하게 만드는 곳으로, 각종 편의시설에 안드로이드가 배치되어 있었다. 그래서 '순수 인간'이 직접 만든다고 홍보하는 레스토랑 매난국죽의 메인 메뉴인 '매난국죽'이 더욱더 특별한 것 같았다. 진심과 정성이 담겨 값이 매우 비싸게 매겨졌는데도 예약이 순식간에 마감되었다.

손님이 작성한 문답을 통해 기분을 파악하고, 얼굴빛과 간단한 피검사를 통해 신체 컨디션을 측정했다. 이에 따라 맛이 다르고 메인 재료가 다르고 요리법이 달랐다. 요리에 어울리는 테이블 장식부터 커트러리까지 모두 섬세하게 꾸며졌다. 먹고 나면 몸도 마음도 확실히 개운해져서 환자에게도 인기가 많았다.

그런데 레스토랑의 메인 코스 예약이 열리지 않았다니, 무슨 일이 생긴 걸까? 일반 코스라도 예약해야할지, 다른 식당을 검색해 볼지 고민하던 중이었다. 문이 열리고 넋이 나간 것처럼 보이는 손님이 들어왔다. 마녀는 고민하던 걸 바로 멈추고 손님에게 평소처럼 인사했다.

"안녕하세요. 우주를 가로지르는 은하향초입니다."

"안녕, 안녕하세요. 여기가…… 혹시……."

한마디 할 때마다 조심스러운 데다가 목소리가 너무 작아 주의 깊게 들어야 했지만, 마녀는 재촉하거나 더 크게 말해달라고 하지 않고 손님을 기다렸다. 답을 하는 게 어려운지 계속 몇 번 입술을 달싹이고 숨을 크게 들이마시고 내쉬다가 기어들어 가는 듯한 목소리로 겨우 입을 열었다.

"향초를…… 만드는 곳인가요?"

"맞아요. 향초를 만들러 오셨지요?"

"그…… 네. 가능하다면요."

마녀는 손님이 놀라지 않도록 부드럽게 말했다.

"상담을 해야 하니 이쪽으로 따라오세요."

카운터 너머의 문을 열고 손짓했다. 손님은 주춤거리면서도 마녀의 뒤를 따라왔다. 손님이 너무 불안해 보여서 복도를 걷는 중에 방의 분위기를 바꿨다. 천장은 파란 하늘이 보이는 유리로, 벽지는 마음이 편해지는 초록색 계열로 바꿨다. 손님이 앉은 의자 옆에는 달콤한 아카시아 나무를 배치했다.

방문을 열자 머리가 아플 만큼 진하지는 않지만 깊고 풍성한 아카시아 향이 물씬 풍겼다. 긴장 때문에 내내 솟아 있던 손님의 어깨가 이완되는 걸 보며 의자에 앉혔다. 실내에 나무가 있는 게 신기한 듯 손님은 의자에 앉아서도 계속 나무를 쳐다봤다. 향이 마음에 들었는지 눈을 감고 숨을 깊게 들이마시기도 했다. 그러면서도 품 안의 상자는 소중히 안고 있었다. 손님은 마음이 편해졌는지 눈을 뜨고 말했다.

"저는 코코라고 해요. 이게 있으면 향초를 만들 수 있지요?"

물건을 줘야 한다는 걸 알면서도 코코는 상자를 더 강하게 끌어안았다. 그 모습이 꼭 상처받은 고양이 같았다.

"이게 꼭 필요한 거죠?"

"네. 그 물건을 매개체로 향초를 만들 수 있거든요."

"그러면 이 물건은 없어지는 건가요?"

마녀는 말없이 끄덕였고, 코코는 입술을 잘근잘근 깨물었다. 먼저 떠난 존재를 평생 추억할 수 있는, 그 존재가 가장 중요하게 생각했을 물건이 사라진다는 건 매우 중요한 일이었다. 그러나 어떤 존재는 먼저 떠난 존재를 실제로 만나기를 더 바라기도 했다. 무엇을 선택하든 그건 코코의 몫이었다. 코코의 선택을 돕기 위해 먼저 떠난 존재의 소중한 물건이 왜 필요한지에 대해 친절하게 설명했다.

"우주는 아주 넓고 또 넓잖아요. 소중한 물건에 남은

영혼의 흔적과 갓 태어난 별이 서로를 끌어당겨서 출발 지점과 도착 지점을 이어주거든요. 소중한 물건에 남은 마음을 담아 만든 향초가 숙성되는 동안, 향초와 이어진 별 또한 행복한 마음을 더듬으며 점점 자란답니다. 별이 자라면서 코코 님이 넘어갈 수 있을 정도로 커지면 향초의 숙성도 끝이에요. 이 향초를 태워 만들어진 터널을 통해 우주를 가로질러 별이 된 이를 만날 수 있는 거랍니다."

이렇게 말해도 마녀를 믿지 못해 물건을 가지고 돌아가거나, 한 번의 만남 대신 평생 물건을 간직하며 추억을 떠올리기 위해 향초를 만들지 않는 경우도 있었다. 모든 건 손님의 선택. 마녀는 그저 존중할 뿐이었다. 설명을 들은 코코는 한참 동안 상자를 끌어안고 있었다. 김이 모락모락 나던 차가 다 식었지만, 마녀는 재촉하지 않았다.

이윽고 코코가 테이블 위에 상자를 내려놨다. 이제는 모든 망설임이 사라졌는지, 얼굴을 똑바로 들고 마녀의 눈을 마주 보며 입을 열었다.

"물건의 주인은 안드로이드예요."

코코의 시선이 마녀의 얼굴을 샅샅이 훑었다. 난감한 기색이나 당혹스러운 표정이 떠오르면 언제든지 일어날 것처럼. 그러나 마녀는 편안한 차림새와는 달리 우아하게 고개를 끄덕였다.

코코의 말에 따라 필요한 정보가 떠올랐다. 이 행성의 안드로이드는 그동안 있었던 일이 저장된 칩만 있으면 언제든지 신체를 바꿔서 만날 수 있는 존재였다. 게다가 백업 파일도 있어서, 일정 기간의 기억은 날아가겠지만 다시 활동이 가능했다. 그런 안드로이드를 만나기 위해 향초를 만들러 왔다는 건 어떤 뜻일까? 마녀는 손님을 가리지는 않았지만, 의아함이 드는 건 어쩔 수 없었다. 마녀의 생각을 짐작했다는 듯 코코가 입을 열었다.

"파손이었고, 백업 파일은 없어요."

"날아간 기억 속에 코코 님이 있기 때문에 향초를 만들려고 하는 건가요? 지금의 그분은 코코 님이 알던 존재가 아닌 것 같아서?"

"해이는…… 해이는 제 안드로이드가 아니에요. 매난국죽 요리사인 김가람의 안드로이드예요."

안드로이드의 소유주가 아니라면 함부로 복구할 수 없었다. 그래서 향초를 만들러 온 걸 이해할 수 있었다. 어떤 사람은 안드로이드를 소모품 취급했다. 코코의 소중한 존재도 소유주에게 그런 취급을 받은 걸까.

마녀는 손가락을 까닥 움직여 차를 다시 따뜻하게 데웠다.

"해이는 김가람의 그림자 요리사였어요."

"그림자 요리사요?"

"매난국죽의 1등 요리사이자 순수 인간인 김가람이 만든 메인 코스 매난국죽은 다 해이가 만든 거예요."

안드로이드도 요리를 할 수 있었다. 주어진 레시피에 따라 한 치의 오차도 없이 정확하게. 그래서 안드로이드가 만든 요리는 맛있었지만, 모두 똑같은 맛이었다. 한 가정에서 도우미로 일하며 개인의 입맛에 맞게 세팅한 상태가 아니라면 마트에서 파는 간편식과 별다를 게 없기도 했다.

누구나 편리하게 맛있는 음식을 먹을 수 있는 사회에서 순수 인간이 직접 요리를 한다는 건 특별한 일이었다. 자부심이 있기 때문에 신체 개조 없이 정진한다는 이미지가 있었다. 그런데 그 모든 요리가 안드로이드의 솜씨였다니, 이 사실이 알려지면 치명적일 터였다.

"매난국죽 평이 무척 좋던데, 해이 님의 솜씨였다니, 정말 대단하네요."

"맞아요. 해이는 대단했어요. 기계가 만든 음식을 먹

고 맛있다고 하는 걸 자존심 상해하는 사람들, 인간임을 우월하게 생각하는 사람들, 기계는 기계일 뿐이라고 멸시하는 사람들이 여전히 많잖아요. 안드로이드가 요리하는 것 자체를 못마땅해하는 사람도 많고요. 솔직히 안드로이드는 음식을 섭취하지 않아도 되고, 섭취하더라도 복합적인 맛을 정확히 알지 못하니까요. 안드로이드가 조리가 아니라 요리를 한다는 걸 누가 믿겠어요. 김가람은 사람들의 심리와 제 친구의 열망을 영리하게 이용했을 뿐이고요. 해이가 요리하고 그 요리가 손님에게 나가는 영상이 공개되지 않았더라면 말해도 믿는 사람이 없었을 거예요."

"……코코 님이 영상을 찍었군요."

"네. 저도 매난국죽에서 일했거든요. 그러는 동안에 해이와 가까워졌어요. 김가람한테 혹사당하면서도 요리하는 것 자체를 무척이나 좋아하는 모습이 존경스럽기까지 했어요. 해이는 언젠가 안드로이드라는 정체를 당당히 밝히고 손님에게 요리를 대접하는 게 꿈이었어요.

김가람은 그런 해이를 싫어했어요. 주제를 모른다고 괴롭혔죠. 해이는 괜찮다고 말렸지만 제가 참을 수 없었어요. 저는 단지…… 김가람이 해이를 놔주었으면

했어요. 아무에게도 알리지 않고 그냥 조용히 제 고향으로 가서 함께 가게를 차릴 생각이었어요. 일이 이렇게 될 줄은 정말 몰랐어요……."

코코는 눈물도 흘리지 못한 채 울음을 삼키며, 상자가 해이인 것처럼 꼭 끌어안고 다독거렸다.

"김가람은 해이를 죽였어요. 칩도 부수고 복구 신청도 하지 않았죠. 지금은 모르겠어요. 해이가 없으면 식당 영업이 어렵다는 걸 깨닫고 부랴부랴 수리하려고 알아보고 있을지도요. 혹시라도 이 사실이 새어 나갈까 봐 백업 파일도 만들지 않았거든요.

그거 아세요? 최근에 어떤 남자가 열심히 돈을 모아드디어 신체를 개조했대요. 너무 기분이 좋아서 친구들과 술도 한잔했고요. 술을 마시고 길을 걷는데 본인의 힘이 얼마나 세졌는지 무척이나 궁금해서 그냥 길을 걷고 있는 사람을 때렸대요. 근데 그 사람이 실은 안드로이드여서 다친 사람은 없었어요. 다행이죠?"

"그게 끝인가요?"

"네. 남자가 술에 취해서 기억이 잘 나지 않지만, 그 안드로이드 소유주에게 수리비를 지불하기로 했거든요. 소유주는 어차피 질렸는데 새로운 모델로 구입하면 된다고 합의했고요. 뉴스에도 나오지 않는 흔한 이

야기죠. 안드로이드가 죽더라도 재물손괴죄지 살인죄
가 아니니까요. 안드로이드는 생각하고 말할 줄 아는
물건이잖아요."

　우주에는 안드로이드와 우주인이 종족에 상관없이
서로 평등하게 사는 행성도 있었다. 이곳도 시간이 지
나면 언젠가는 그렇게 될 수도 있었다. 그러나 그게 코
코에게 위로가 되지는 않을 것이다. 코코는 우는 대신
에 미소를 지었다. 보고 싶은 이를 떠올리자 저절로 나
오는 미소였다.

　"그런데 해이가 제 안드로이드여도 복구하지는 못
했을 거예요. 해이는 복구되는 걸 원하지 않았거든요."

　"어째서요?"

　"단 하나의 생을 살고 싶어 했어요."

　더는 삶을 지속하고 싶지 않다고 메모리칩을 파괴
해 죽음을 택하는 안드로이드가 이 행성에도 있을까?
그래서 안드로이드에게도 인권이 있고 자유를 줘야
한다고 말하는 사람이 있을까?

　기억만 남아 있다면 안드로이드는 영생에 가까운
시간을 살 수 있었다. 인간은 아무리 신체를 개조하더
라도 어느 순간이 되면 육체가 스러졌다. 기계 팔이 말
을 듣지 않고, 인공장기가 노화되었다. 교체하면 나아

지지만 다시 악화되는 건 순식간이었다. 뇌가 오래 사는 걸 받아들이지 못해 신체가 죽어가는 게 아닐까 하는 의견이 있긴 했지만 정확한 건 밝혀지지 않았다. 살고 싶어도 더 살지 못하는데, 원한다면 계속 살 수 있는 안드로이드가 얼마나 부러울까.

"안드로이드가 그런 말을 한다는 게 웃긴가요? 그렇지만 해이는 김가람에 의해 몇 번이고 파괴되고 수리되었어요. 싫어도 팔에 각종 요리 칼을 장착해야 했고, 손님의 최근 기록을 될 수 있는 만큼 해킹해야 했어요. 이번에 그림자 요리사의 정체를 폭로하겠다는 제 협박이 아니었으면 해이는 김가람과 김가람의 자식, 또 그 자식을 위해 요리해야 했을 거예요. 계속, 혹은 영원히."

코코는 할 말이 더 남았다는 듯 입술을 달싹거렸다.

"해이를 만날 수 있을까요? 제가 아니었다면 죽지 않아도 됐을 텐데, 만날 수 있을까요? 절 만나줄까요?"

"코코 님이 죽은 이를 그리워하고, 별이 된 해이 님이 코코 님의 방문을 허락한다면 만날 수 있답니다. 코코 님이 생각하는 해이 님은 어떨 것 같나요?"

"웃으며 반겨줄 것 같아요……."

"그러면 만날 수 있을 거예요."

"확실하죠? 안드로이드에도…… 영혼이 있다는 거죠?"

"코코 님. 인간에게만 영혼이 있는 건 아니에요. 고양이를 만나기 위해 향초를 의뢰한 분도 계신걸요. 누군가와 관계를 맺고, 친해지고, 추억을 만들고, 기억 속에 남아 있으며, 그 기억들을 모아 형체를 만들 수 있는 거라면 다 영혼이 깃들어 있어요. 그러니까 걱정하지 마세요. 이곳은 신비롭고 불가해한 향초 가게. 안드로이드의 영혼이 별이 된다는 게 이상하지 않아요."

그제야 안심이 되는지 코코는 눈물을 뚝뚝 흘리며 소리 내어 울었다. 마녀는 코코에게 잠시 시간을 주기 위해 방을 빠져나왔다.

시간이 지나 샘플을 챙겨 방으로 들어가자 눈이 퉁퉁 부은 코코가 상자를 열고 그 안에 들어 있는 식칼의 옆면을 손가락으로 쓰다듬고 있는 게 보였다. '해이'. 안드로이드의 이름을 당당하게 음각으로 새긴 칼이었다.

"죄송해요. 제가 너무 울어서 당황하셨죠?"

"아니에요. 그럴 수 있죠. 그럼 이제 어떤 향초를 만들 건지 이야기해 볼까요? 코코 님이 좋아하는 향이

나 색을 알려주시겠어요? 향초의 색으로 터널의 색이 결정되고, 터널이 유지되는 동안 향초의 향이 나거든요."

"색은…… 봄에 갓 돋아난 새싹 같은 연두색으로 해주시고요, 향은 따뜻하고 달콤했으면 좋겠어요."

"따뜻하고 달콤한 향이라……. 그러면 바닐라 향이나 초콜릿 향은 어떨까요? 한번 맡아보세요."

마녀는 손짓으로 차례차례 바람결에 바닐라 향과 초콜릿 향을 흘려보냈다. 코코의 고갯짓에 따라 향을 덜어내고 추가한 뒤 초콜릿 향으로 결정했다.

"향초를 만들고 숙성이 끝나면 연락드릴게요. 그럼 안녕히 가세요."

코코는 자신의 친구를 만날 날을 기대하며 기쁘게 가게를 나섰다. 집에 가서 따뜻한 핫초코를 마시리라 생각하면서.

미지의 차 향

느릿느릿 피어오르는 연기를 보며 고요한 시간을 즐기고 있는데 문이 열리며 딸랑거리는 종소리가 들렸다. 이번에는 어떤 손님일까? 향초 가게는 우주로 떠난 존재를 만나고 싶어 하는 손님이 있다면 어느 행성에도 나타날 수 있었다. 마녀는 눈을 한 번 깜박이고 가볍게 분 입바람으로 연기를 날린 뒤 손님을 향해 인사했다.

"안녕하세요. 우주를 가로지르는 은하향초입니다. 천천히 둘러보시고 도움이 필요하시면…… 어머."

그렇지만 개가 혼자 온 건 처음이었다. 문 너머를 살펴봤지만 보호자로 보이는 사람은 없었다. 마녀는 카운터 밖으로 나가 개 앞에 쪼그리고 앉아 다정하게 말했다.

"보호자는 어디 가고 너 혼자야? 길을 잃은 거야?"

개는 마녀를 따라 하듯 엉덩이를 붙이고 앉았다. 마녀는 목줄이 달린 걸 보고 보호자가 있는 개라는 걸 확인했다. 조금 꾀죌꾀죌하긴 하지만, 보호자를 잃고 혼자 여기저기 쏘다녔다면 그럴 만도 했다. 혹시 목걸이에 정보가 있나 살펴보는데 개가 구슬프게 멍, 하고 울었다.

"엄마를 만나게 해준대서 여기까지 온 거라고?"

마녀는 개처럼 바닥에 엉덩이를 붙이고 앉았다. 개의 까만 눈동자를 들여다보며 손으로는 개의 머리를 조심스럽게 쓰다듬었다.

"엄마가 누굴까. 손님 중에 네 엄마가 계실까? 응? 이 가게가 별이 된 사람에게 데려다준다는 걸 알고 있다고?"

손님들은 자연스럽게 향초 가게를 알게 되거나, 우연히 누가 하는 말을 들었다. 향초 가게에 대해 모르더라도 발길 닿는 대로 걷다가 가게에 들어와서 마녀가 하는 설명을 듣고 알게 되기도 했다. 그러니까 홀로 찾아온 개도 손님이 될 수 있었다.

"음, 정확히는 보고 싶은 존재가 별이 되면 그 별로

갈 수 있는 터널을 열어주는 거야. 밤하늘에 반짝거리는 별. 그리고 아예 그 별에서 같이 사는 게 아니라 딱 한 번 보고 돌아오는 거란다. 살아 있는 상태로는 별에 머무를 수 없어."

개의 눈이 촉촉해졌다. 금방이라도 울 것 같으면서도 엄마를 만날 방법이 있다는 걸 듣고 꼬리를 열심히 흔들었다.

"아니, 그렇다고 죽으려고 하지는 말고!"

지금 당장 죽으면 되냐고 희망에 가득 차 물어보는 개의 생각을 듣고 머리가 아플 지경이었다. 마녀는 자리에서 일어난 뒤 개를 안아 들었다. 보기와 달리 가벼워서 놀라고 말았다. 며칠을 굶은 걸까. 밥부터 먹여야 할 것 같았다. 마녀는 카운터 뒤에 있는 문을 열고 들어갔다. 개는 반항하는 기색 없이 얌전히 마녀의 품에 안겨 있었다. 개의 따뜻한 체온과 콩닥거리는 심장이 고스란히 느껴졌다.

제일 가까운 문을 열고 사료가 가득한 밥그릇과 깨끗한 물이 담긴 물그릇 앞에 개를 내려놨다. 그러나 개는 엄마를 만날 수만 있다면 저런 맛있는 건 다 끊을 거라는 듯 단호하게 밥그릇을 등지고 엎드렸다.

머리부터 꼬리까지 쓰다듬고, 손가락을 세워 턱 아

래를 긁어주고, 두 손으로 배를 마구마구 쓰다듬어줘도 그때뿐. 개는 마녀의 무릎에 얼굴을 올리고 밥그릇은 쳐다보지도 않았다. 어떻게 하면 마녀의 마음이 약해지는지 아는 것처럼 한껏 불쌍한 눈빛을 하고 마녀를 올려보기만 했다. 결국 마녀는 한숨을 쉴 수밖에 없었다.

"엄마가 널 많이 아꼈나 보구나. 그렇지만 네 몸의 반 정도가 기계화된 것 같은데……. 괴롭지는 않았어? 인간은 동물의 말을 알아듣지 못하잖아. 어디 보자……."

개를 쓰다듬을 때와는 달리 마녀의 손이 섬세하게 개의 몸 구석구석을 매만졌다. 개는 그런 마녀의 손길을 즐기는 것처럼 꼬리만 살랑거렸다.

"노화가 되어도 후각이 퇴화하지 않도록 신경을 강화했고, 청각 신경도 마찬가지고, 무릎은 인공관절로 교체했네. 심장에는 인공 펌프를 달았고……. 먹는 거 좋아해? 소화기관이 선천적으로 아주 튼튼한걸? 보통 인공뼈로 교체하고 인공심장을 달아 주기적으로 교체하거나 하는데……. 엄마가 너라는 존재의 본질을 지키려 노력하며 여러 보존수술을 받았구나. 이러면 당연히 평균 수명보다 오래 사는 걸 알 텐데, 너는 수술시켜놓고 본인은 죽어버리다니……."

그러자 개가 벌떡 일어났다. 기분이 좋은지 꼬리가 마구잡이로 흔들리고 있었다. 마녀는 한숨을 쉬고 개의 이마를 어루만졌다.

"내가 너의 기억을 읽어도 될까?"

"멍!"

개는 얼른 읽으라는 듯 머리를 들이밀었다. 이마로 마녀를 밀다 못해 양반다리를 한 마녀의 다리 위로 올라와 편하게 자리를 잡았다. 무슨 짓을 해도 미움받지 않을 거라는 듯 구는 행동이 어찌나 뻔뻔한지. 마녀는 웃으면서 개의 기억을 읽었다.

주인 같지도 않은 주인이 있는 곳에서 드디어 탈출했다. 삐용거리는 시끄러운 소리가 나더니 사람들이 없던 꼬리가 빠질 것처럼 허둥지둥하는 틈을 타 무사히 나올 수 있었다. 쫓아오는 사람들을 피해 이리저리 도망치고 숨었다. 친구들도 모두 무사히 탈출했을까?

인간들은 자신들끼리 싸우게 했다. 비개조와 개조로 조를 나누고, 근력 강화제를 투여하고, 치아를 철로 교체하고, 발톱을 칼날로 교체하는 등 마음대로 수술했다. 원하지 않아도 싸우게 만들고 죽으면 버렸다. 주

인에게서 나는 피 냄새는 그곳에 있는 개들에게 공포
심을 주었다. 그 무서운 주인이 다른 인간에게는 깨갱
거리는 모습을 보니 갑자기 용기가 나서 도망칠 수 있
었다. 죽어도 자유롭게 죽을 거라고 다짐했다.

그러나 세상은 무섭고 인간은 더 무서웠다. 아무도
없는 곳에서 조용히 살려고 했는데, 거기에도 인간이
있었다. 허리가 꼬부라져 키도 작고 몸도 작은 늙은 여
자. 귀도 잘 안 들리고 눈도 잘 안 보이는지, 개가 멀리
서 아무리 짖어도 별 반응을 하지 않았다. 개가 여러
날에 걸쳐 천천히 다가가며 짖어도 반응이 없더니, 아
주 가까이 다가가자 늙은 여자는 웃으면서 쭈쭈쭈 하
며 손짓을 했다.

개는 처음 보는 미소에 화들짝 놀라 바로 도망갔다.
뭔가 이상했다. 주인이 손을 들면 너무 무서웠는데,
늙은 여자가 내민 손은 무섭지 않았다. 조금만 깨물어
도 엉엉 울 것처럼 약하게 생겨서 그럴까? 이길 수 있
으니까? 제대로 먹지 못해 전보다 말랐지만, 늙은 여
자를 이기는 건 아주 쉬운 일이었다.

다음 날 늙은 여자가 늘 있던 곳에 가자 늙은 여자
와 멀리 떨어진 나무 아래 밥이 한가득 있는 게 보였
다. 개는 고민하다가 늙은 여자는 자신처럼 빨리 뛸 수

없다는 것과 늙은 여자와 밥과의 거리가 있으며 주변에 아무도 없다는 걸 확인한 뒤에야 허겁지겁 밥을 먹었다. 이 다음 날도, 그다음 날도. 매일매일 늙은 여자가 준비한 밥을 먹으며 천천히 거리감이 줄어들었다. 마침내 개는 늙은 여자 옆에 엎드려서 느릿느릿 내미는 손안에 있는 간식을 먹기까지 했다.

개와 늙은 여자는 서로를 의식하며 천천히 산책을 했다. 늙은 여자가 지쳐서 가만히 서면 개도 가만히 섰다. 늙은 여자가 물을 마시고 개에게 물을 따라주면 마시고, 늙은 여자가 간식을 하나 먹으면 당연한 것처럼 개에게도 간식을 하나 나눠줬다.

그렇게 천천히 개와 늙은 여자는 가족이 되었다. 개의 기억 속에서 허리가 굽고 걸음도 느렸던 늙은 여자는 어느 순간부터 허리를 쭉 폈으며 걸음걸이에도 힘이 실렸다. 나뭇가지를 주워 던지기도 하고, 공을 챙겨와 힘차게 던지기도 했다. 새소리가 나는 방향을 향해 고개를 돌리기도 했고, 개가 보이지 않으면 안 돼, 진돌이 돌아와! 하고 외쳤다.

진돌이, 자신의 이름은 진돌이였다. 진돌이는 꼬리를 흔들면서 엄마가 던진 것을 물어와 엄마의 손에 건네고, 꼬리를 흔들면서 다시 던져주기를 기다렸다. 혼자 훌쩍 뛰어 땅을 파다가 엄마가 안 된다고 돌아오라며 부르자 쏜살같이 되돌아갔다.

따뜻하고 안전한 집에서 엄마 품에 안겨 잠을 자던 기억도, 맛있는 걸 배불리 먹고 낮잠을 자던 기억도, 집 안을 엉망으로 만들어서 혼이 났던 기억도, 쓰다듬어주었으면 하는 부분을 다정하게 만지던 손길도, 진돌이라며 사랑을 담아 부르던 목소리도 선명했다.

엄마를 떠올리면 떠올릴수록 행복해져서 웃음이 나왔다. 그리고 슬퍼졌다. 엄마는 아주 깊은 잠에 들었고, 며칠이 지나도 일어나지 않았다. 진돌이는 낑낑거리다가 집 밖으로 나가 다른 인간에게 도와달라고 소리쳤다. 어떤 인간은 무서워했으며, 어떤 인간은 발길질을 했다. 엄마 없는 세상이 무섭기도 하고, 자신에게 폭력을 쓰는 사람에게 화가 나기도 했지만, 엄마가 인간을 물면 안 된다고 해서 꾹 참았다. 진돌이는 잡아서 죽인다고 소리치는 인간을 피해 도움을 줄 수 있을 만한 인간을 찾았다.

다행히 엄마와 산책을 할 때 만났던 친구와 친구의 엄마를 만나서 집으로 데려올 수 있었다. 그런데 그 인간이 엄마를 보고 깜짝 놀라더니 다른 인간들을 데려와서 엄마를 데려가려 했다. 가지 못하게 앞을 막자 친구의 엄마가 펑펑 울면서 엄마는 죽었고 다시는 볼 수 없다고 했다.

도대체 왜 우는 거지? 이해할 수 없어서 고개만 갸웃거리다가 현관문이 바로 보이는 방석 위에 앉았다. 엄마는 항상 진돌이와 함께했지만, 아주 가끔 진돌이를 두고 외출했다. 이번에도 그런 것 같았다. 그래도 두고 가면 금방 올 거라고 꼭 끌어안고 뽀뽀를 해줬는데 이번에는 그러지 않아서 이상하긴 했다.

진돌이는 텅 빈 집 안에서 엄마가 올 때까지 잠을 자고, 알아서 사료를 챙겨 먹고, 엄마와 함께 있던 자리에 앉아 엄마를 기다렸다. 계속 기다렸지만 오지 않아서 심심하고 슬퍼졌다. 그러던 어느 날 자고 일어났을 때 향초 가게에 가면 엄마를 만날 수 있다는 걸 깨달았다.

그러니까 엄마를 만나게 해줘요.

마녀는 엄마에 대한 사랑과 자신이 엄마를 만나게 해줄 거라고 굳게 믿고 있으며…… 죽음이라는 게 뭔지 알고 싶어 하지 않는 진돌이를 바라봤다.

"엄마가 나이가 많았구나. 인공심장, 인공폐, 인공 무릎관절, 기계 뼈, 인공 척추정도는 기본으로 했을 것 같은데······. 이곳에서 허리가 굽은 사람이라니. 신체 개조뿐만 아니라 일부분을 인공장기로 바꾸는 것도 반대하는 완고한 사람인 것 같은데 대단하네. 진돌이 너를 아주, 아주 많이 사랑했나 보다. 엄마가 보고싶어서 여기까지 올 만하네. 그렇지만 진돌아, 죽음이 어떤 건지 알잖아. 사랑하는 이가 되돌아올 수 없는 먼 곳으로 떠났다는 걸······."

진돌이가 꼬리를 아래로 내린 채 마녀 주변을 빙글빙글 돌며 구슬프게 낑낑거렸다.

"울지 마······. 후, 그럼 이렇게 하자. 어차피 엄마가 별이 되려면 시간이 걸릴 것 같아. 너의 털을 매개체 삼아 향초를 만들 테니까, 엄마가 별이 되는 걸 기다리자. 별이 만들어지기 전에 네가 늙어 죽으면 터널을 열어 네 영혼을 보내줄게. 그럼 엄마와 함께 별이 되거나, 그 별 주위를 도는 작은 별이 될 거야.

그동안 네가 지낼 곳이······ 없겠구나. 여기에서 지내도 되지만, 한번 들어오면 다시는 가게 밖으로 못 나가. 그래도 괜찮겠어?"

진돌이는 괜찮다는 듯 눈을 반짝이며 꼬리를 흔들었다. 얼마나 기쁜지 마녀에게 치대는 통에 몸이 밀려날 정도였다.

"잘 생각해 봐. 너는 산을 자유롭게 돌아다니며 살았잖아. 다시는 그런 거 못 해. 이 안에만 있는 거라니까."

진돌이는 마녀의 말을 듣고 끙끙거리더니 이내 꼬리를 세차게 흔들었다. 진지하게 생각한 게 맞는지 의심이 들긴 했지만, 진돌이의 기억을 읽었으니 알 수 있었다. 진돌이는 자유와 산책을 포기하면서까지 엄마를 만나고 싶어 했다.

"그래. 그럼 당분간 네가 은하향초의 마스코트야. 너처럼 누군가를 그리워하는 이가 오면 다정하게 대해 주렴. 누구보다도 그 마음을 이해하니까, 대화가 통하지 않더라도 서로에게 위로가 될 수 있겠지."

멍! 진돌이가 눈물 자국이 남은 얼굴로 경쾌하게 대답했다. 마녀는 웃으면서 진돌이의 눈물 자국을 닦아 주었다. 이제야 사료의 냄새가 맡아지는지 진돌이가 침을 뚝뚝 흘리고 있었다. 진돌이 앞에 밥그릇을 내려놓자 허겁지겁 먹기 시작했다.

"향초는 어떤 향이 좋을까? 뭐? 고양이똥 향? 진짜로? 네가 좋다면 괜찮긴 해. 비 오는 날의 흙 향? 너 정말 말썽꾸러기였구나. 그래도 엄마는 귀엽다며 웃었다고? 그래그래. 엄마 냄새라……. 그건 너무 어려운데. 엄마가 매일 마시던 차가 있었어? 그러면 그게 어떤 차였는지 향을 찾아보자. 오늘부터 우리도 매일 티타임을 가져야겠네."

마녀는 이 행성에서 구할 수 있는 차의 목록을 다운로드한 다음 제일 첫 번째에 있는 차를 만들어냈다. 진돌이는 낯선 향이 나자 고개를 살짝 들긴 했지만 이내 고개를 내려 물을 찹찹거리며 마실 뿐이었다. 기다리면 엄마를 만날 수 있다는 기쁨으로 꼬리를 힘껏 흔들면서.

빨갛게 잘 익은 꿀사과 향

아기별은 다양한 별이 가득한 우주가 신기했다. 위, 아래, 오른쪽, 왼쪽 전부 별이 있었다. 여기저기 돌아다니며 별들을 보고 싶었으나 아기별의 뜻대로 움직일 수 있는 건 아니었다.

이 세상에 신은 없지만 우주의 법칙은 있었다. 우주에 있으니 알 수 있었다. 우주에서 별이 태어나고, 별이 다시 우주로 변하고, 다른 별에게 반해 빙글빙글 돌며 자리를 잡는다. 마치 달이 지구에게 반해 아주 오랫동안 도는 것처럼, 지구도 태양에게 반한 것처럼, 그렇게 느릿느릿 빙글빙글.

우주에서는 언어가 필요하지 않았다. 그저 존재하고, 유영하고, 빛나며 서로가 서로에게 의지를 전달했다. 그러면 빛보다 빠른 속도로 서로에게 와닿고, 빛보다는 훨씬 느리지만 우주의 속도에 맞게 조금씩 가까워질 수 있었다. 지금 이 순간에도 우주의 끝에 있던 별로부터 우주가 더 커지고 있어서, 끝에 있는 별이 또 생길 것 같다는 의지가 별에서 별을 타고 전해져 오고 있었다.

아기별은 우주의 아름다움에 감탄하다가 문득 지구에 있었을 때 기억이 떠올랐다. 연우. 그것이 아기별이 인간이었을 때 이름이었다. 연우야, 다정히 불러주던 엄마의 목소리가 생각나자 엄마가 무척이나 보고 싶었다. 별들에게 부탁해서 엄마의 소식을 전해 듣기도 했다.

가장 생각나는 건 옥상에 누워 밤하늘의 별을 같이 본 일이었다. 엄마는 우주에 가보고 싶다고 했었다. 우주가 얼마나 광활할지, 달에서 본 지구가 얼마나 아름다울지 너무 궁금하다며 눈을 별처럼 빛냈다. 망원경을 놓고 달과 별을 바라보기도 했다. 창백한 달이 얼마나 예뻤는지 모른다.

별이 되고 나서 지구에서 바라본 적이 있는데 아주 아름다웠다고, 엄마와 함께 봤는데 정말 행복하고 즐거운 시간이었다고 달에게 의지를 보내자, 달은 수줍

어하면서도 지구에서 봤을 때 그렇게 아름다웠냐고, 정말 다행이고 고맙다고 해주었다.

엄마를 너무 보고 싶어 해서 그런 걸까? 몸이 점점 지구에 가까워지는 것 같았다. 다른 별들이 걱정할 정도였다.

별들의 의지가 연우를 잡아두려 했으나, 엄마를 보고 싶어 하는 연우의 마음이 더 컸기에 잡을 수가 없었다. 연우는 그런 걱정을 선명히 느끼면서도 엄마 생각을 멈출 수 없었다. 엄마가 우주로, 자신이 있는 곳으로 올 수 있는 가능성은 너무 낮았다. 연우가 지구로 가는 게 더 좋은 방법인 것 같았다. 엄마가 건강하고 행복하게 남은 삶을 살아가기를 바랐다. 연우의 모든 마음을 담아 엄마에게 전하고 싶었다. 엄마의 아이로 태어나서 행복했고, 지금도 행복하고, 앞으로도 행복할 것 같다고. 그러니까 엄마도 행복하라고. 꼭 전하고 싶었다.

가면 안 돼, 몸이 부서질 거야.

"저도 알아요. 엄마를 보러 가면 여기로 다시 돌아올 수 없다는 걸. 괜찮아요. 그래도 엄마를 보고 싶어요. 엄마를 만나면 우주가 얼마나 광활하고 벅차오를 만큼 큰지, 달이 얼마나 다정한지, 지구가 어떻게 아름

다운지 이야기해 줄래요. 아기별에게 친절하게 대해
줘서 모두 감사해요. 그럼, 안녕!"

연우가 기쁨을 담아 지나가는 별들에게 인사하자
별들도 아기별의 행운을 빌어주었다.

아기별이 무사히 마녀를 만날 수 있기를.

가게 안에 무언가 떨어졌는지 쾅! 하는 큰 소리가
났다. 침대 옆 자신의 잠자리에서 자던 진돌이가 벌떡
일어나서 방 안을 소란스럽게 돌아다녔다. 손을 뻗자
많이 놀랐는지 얼른 다가와서 머리를 들이밀었다. 마
녀는 침대에 누운 채 진돌이의 머리를 쓰다듬고 자리
에서 일어났다.

마녀가 방 밖으로 나가려 하자 진돌이가 마녀의 앞
에 섰다. 늠름한 뒷모습을 보고 쪼그리고 앉아 진돌이
를 쓰다듬었다.

"진돌아, 괜찮아. 이상한 거 아니야. 아기별이 떨어
지면서 난 소리야. 왜 여기로 왔는지는 모르겠지만 말
이야. 그러니까 가서 물거나 짖으면 안 돼, 알았지?"

마녀는 진돌이에게 신신당부를 하고 방문을 열어
소리가 난 방으로 들어갔다. 아기별이 공간을 찢으며
떨어진 탓에 천장부터 벽까지 거칠게 구멍이 나 있었

다. 구멍에서는 빛가루가 조금씩 떨어지고 있었는데 그 너머에는 별이 가득한 우주가 있었다.

"괜찮아요?"

─저는 괜찮은데 벽이……. 죄송해요. 망가뜨리려고 한 건 절대 아니었어요!

"알아요. 수습할 수 있으니 걱정 말아요."

주먹만 한 푸른빛이 일렁거렸다. 마녀는 진돌이가 저도 모르게 달려가려는 걸 막은 뒤 바늘과 실을 꺼내 구멍을 꿰맸다. 잘 꿰매고 나서 실을 바늘에 몇 바퀴 돌려 마무리하고 커다란 반창고까지 붙였다. 입바람을 불어 방 안에 돌아다니는 빛가루를 모아 유리병에 담고 마개를 막았다. 갑작스러운 상황이었으나 수습은 빨랐다. 마녀는 모든 걸 마친 뒤에 소파 위에 얌전히 있는 아기별에게 상냥하게 인사했다.

"안녕하세요, 우주를 가로지르는 은하향초입니다."

─안녕하세요! 저는 초록초등학교 1학년 1반 3번 김연우입니다!

"반가워요, 연우 님. 그런데 아기별이 여기는 어쩐 일일까요? 혹시 실수로 떨어진 거면 돌려보내 줄 수 있어요."

─저는 엄마를 찾으러 왔는데, 여기로 떨어졌어요!

진돌이는 빛으로 이루어진 연우가 신기한지 꼬리를 치며 가까이 다가가려고 했다. 연우도 진돌이가 귀여운지 기쁨의 빛을 내고 있었다. 방 안이 푸른빛으로 일렁거리며 빛가루가 살짝 떨어졌다. 마녀는 연우가 답답해하지 않을 만큼 커다란 유리병을 소파 옆에 만들어냈다.

"우선 유리병 안에 들어가 있을래요? 이 안에 있으면 형체를 유지하는 게 더 쉬울 거예요."

연우는 자신을 가두려는 줄 알고 겁을 냈으나 마녀의 다정한 눈빛과 살랑살랑 꼬리를 흔드는 개의 모습에 용기를 내어 유리병 안으로 들어갔다. 진돌이는 아기별을 지키고 싶어서인지 유리병에 몸을 붙이고 엎드렸다.

"향초를 피울 테니 놀라지 말아요."

마녀가 허공에 빈손을 흔들자 어느새 별무리가 가득한 남색 향초가 손에 들려 있었다.

─ 우와아. 정말 신기해요. 혹시 이모가 마녀예요?

"그럼요."

─ 별들이 행운을 빌어줬더니 이모를 만났어요. 그러면 이모가 엄마를 만나게 해줄 수 있어요?

해맑은 연우의 말에 한숨 대신 웃음을 지었으나, 아

까보다 작아진 연우의 모습을 보고 서둘러 향초에 불을 붙였다. 이미 사라지고 없는 별의 흔적이 담긴 향초였다. 태양 근처 우주먼지와 별과 별이 충돌할 때 피어나는 불꽃과 갓 태어나는 별의 향기를 모아 만든 것으로, 향초를 피우면 연기가 주변으로 퍼지면서 우주처럼 변했다. 유리병 안으로 반짝거리는 연기가 들어가자 아기별의 빛이 훨씬 더 안정적으로 변했다.

"연우 님, 괜찮아요?"

― 네! 그리고 연우라고 불러주세요!

"알았어요. 그럼 이제 연우의 이야기를 자세히 들어볼까요?"

― 저는 엄마랑 둘이 살았어요. 아빠는 제가 어릴 때 돌아가셨대요. 그래서 엄마가 아빠 몫까지 두 배로, 아니 그보다 더 많이 저를 사랑해 줬어요. 항상 밝게 웃는 엄마를 보면서 저도 따라 웃을 수 있었어요. 엄마가 힘든 건 분명할 텐데, 티를 하나도 내지 않았어요. 저를 사랑하는 것만으로도 바쁘다고 했어요. 저도 그랬어요. 어떤 아이들이 아빠 없다고 놀리기도 했는데 하나도 상관없었어요. 엄마도 저만 있으면 된다고 했고요. 얼른 커서 엄마를 행복하게 해드리고 싶었어요. 둘이서 여행도 가고, 맛있는 것도 먹고, 영화도 보러

가고 싶었어요.

근데요, 제가, 제가 별이 되어버렸어요…….

처음에 별이 되었을 때는 좋았어요. 우주에서 별이 태어나고, 별이 다시 우주로 변하잖아요. 별은 다른 별에게 반해 자리를 잡고 빙글빙글 돌기도 하고요. 저도 우주를 계속 구경했는데 봐도 봐도 좋았어요!

저는요, 엄마를 사랑해요. 아주 많이요. 별의 씨앗 상태로 있는 동안에 별들이 전해주는 엄마의 소식을 들으며 얼른 빨리 눈을 뜰 수 있기를 간절히 바랐어요. 그런데 눈을 뜨니까 엄마를 까맣게 잊었어요. 죽어서 별이 되면 생명체였을 때의 기억 위로 새로운 기억을 쌓아간대요. 그래서 과거를 점점 잊게 된다고요.

그러다가 갑자기 엄마가 생각났어요. 엄마가 어디에 있을까, 어디로 가야 만날 수 있을까 고민했어요. 다른 별들이 엄마가 있는 방향을 알려줘서 가려고 했는데, 그게 너무 어려웠어요. 아무리 노력해도 안 되니까 계속 울었어요. 제 몸이 조금씩 작아지는 게 느껴졌지만 계속 울었어요. 제가 너무 우니까 지구가 불쌍했는지, 저를 당겨줄 테니 올 거냐고 물었어요.

기뻤어요. 엄마가 우주로 저를 만나러 오는 것보다 제가 엄마를 보러 지구에 가는 게 더 쉽거든요. 제가 엄마 안에 있는 빛을 다 가져간 것처럼 엄마의 눈이 빛나지 않는다는 이야기를 들을 때마다 얼마나 슬펐는지 몰라요.

제 모든 마음을 담아 엄마한테 말하고 싶어요. 엄마가 건강하고 행복하게 살았으면 좋겠다고. 저는 엄마 덕분에 행복했고, 지금도 행복하고, 앞으로도 행복할 거라고. 그러니까 엄마도 꼭 행복하라고요."

아기별인 연우는 기쁨으로 빛났다. 엄마를 향한 사랑으로 여기까지 오다니 정말 대단했다. 그러나 연우의 말에는 엄마와 함께 행복하고 싶다거나, 나중에 다시 만나자는 내용이 없었다.

"연우 님은…… 별똥별이 되어 떨어지면 끝이라는 걸 알았군요."

웃는 것처럼 빛이 일렁거렸다. 잔잔하고 따뜻하게. 겁이나 무서움은 하나도 없이. 새근새근 잠든 아기를 어루만지는 섬세한 빛이었고, 어둠 속에만 있던 존재가 다치지 않을 정도로 조심스럽고 다정한 빛이었다.

— 네! 그렇지만 엄마는 내 별이고 우주였어요. 내가 가서 우주가 얼마나 크고, 얼마나 예쁜지, 달이 얼마나 다정한지, 우주에서 바라본 지구가 얼마나 아름다운지 이야기해 줄 거예요. 그리고 저는 사라지겠지만,

지구에 합쳐질 거니까 괜찮아요!

연우는 아기별이었지만, 별은 별이었다. 모든 것은 죽고 새로운 생명의 탄생의 씨앗이 된다는 걸 알고 있었다. 그러나 의연하게 말하던 연우가 금방 의기소침해졌다.

─그런데 너무 많이 바뀌어서 뭐가 뭔지 잘 모르겠어요. 엄마를 찾아서 왔는데 왜 여기에 온 거예요? 제가 씨앗에서 별이 되는 시간이 너무 오래 걸린 거예요?

아주 가끔, 땅에 두고 온 존재와 우주에 도착한 존재의 시간과 공간이 어긋날 때가 있었다. 향초로 터널을 만들어두었다면 시공간이 달라도 만날 수 있었겠지만, 이미 어긋난 시간대에서 살아 있는 존재와 별똥별을 이어 만나게 하는 건 마녀에게도 어려운 일이었다. 마녀는 죽어서 별이 된 존재만 찾을 수 있기 때문이었다. 연우가 별의 상태로 우주에 남아 있었으면 엄마를 만날 수도 있었겠지만, 연우는 별똥별이 되어 떨어진 데다가 크기가 많이 줄어들어 다시 우주로 돌아가긴 어려웠다.

"연우 님이 별이 되는 시간도, 지구에 오는 것도 오래 걸리지 않았지만, 연우 님의 엄마가 살고 있는 시간대에 도착하지 못했을 뿐이에요. 우주는 드넓고 시간과 공간이 뒤죽박죽이라 적절한 도움이 없으면 원하는 시간과 장소로 가는 건 매우 어려운 일이죠. 연우 님의 엄마는, 음, 별이 될 준비를 하는 것 같아요."

— 엄마가…… 엄마가 죽었다고요?

마녀는 연우가 놀라지 않도록 천천히 말했으나, 마녀의 말이 끝나자마자 불안함에 연우의 몸이 일렁거리기 시작했다. 현란할 정도로 바르르 떠는 빛을 보고 진돌이가 놀라 멍멍 짖으며 유리병 주위를 뛰어다녔다. 연우는 그런 진돌이에게 더 놀라 빛을 번쩍이며 빛가루를 발산했다. 그럴수록 연우의 존재가 사라지는 것 같았다.

"진돌이 앉아."

진돌이는 얼른 마녀 앞에 앉았다. 마녀는 허공에서 육포를 꺼내 진돌이의 입에 물려주었다. 언제 방방 뛰었냐는 듯 진돌이는 얌전히 육포를 먹었다. 마녀는 손을 흔들어 튀어나온 빛가루를 모아 작은 유리병에 담으며 말했다.

"연우 님, 진정해야 해요. 안 그러면 빛이 모조리 날아가서 사라지고 말아요. 임시방편으로 입구를 막을게요. 가두려고 하는 게 아니니 겁먹지 마세요, 알았죠?"

허공에 퍼지는 향초 연기와 연우에게서 나온 빛가루를 모아 투명하게 빛나는 뚜껑을 만들어 유리병 입구를 막았다. 연기는 뚜껑을 통과해 유리병을 희뿌옇게 채웠다. 이제 진정이 됐는지 연우의 빛이 차분하고 일정해졌다.

"진돌이. 소란 피울 거면 방에 가서 잠이나 자."

"멍!"

진돌이는 자신이 연우를 놀라게 한 걸 알았는지, 유리병 근처에 가는 대신에 마녀의 발치에 얌전히 엎드렸다.

"죄송해요. 저도 진돌이도 서로를 알아가는 중이라 이렇게 놀라서 뛰어다닐 줄 몰랐어요. 연우 님은 괜찮아요? 이제 진정이 됐나요?"

─네…….

"그렇게 함부로 빛을 내뿜으면 안 돼요. 엄마를 만나고 싶다면서요."

─엄마를 만날 수 있어요? 정말요?

"저는 살아 있는 존재는 찾을 수 없지만, 별은 찾을 수 있답니다. 연우 님의 엄마가 별이 된다면, 연우 님을 매개로 찾을 수 있어요."

— 정말요? 다행이다! 엄마가 별이 될 때까지 기다리면 되나요?

"맞아요. 대신 기다리는 동안 연우 님이 빛을 잃으면 안 되니까 잘 밀봉한 유리병 속에서 잠을 자고 있어야 해요. 너무 걱정하지 말아요. 연우 님 같은 경우가 처음이 아니거든요. 그럼 유리병 크기를 줄일게요."

연우가 놀라지 않도록 미리 말해준 후 유리병의 크기를 줄였다. 연우도 유리병의 크기에 따라 더 작아졌지만, 유리병 가득 빛이 들어찼다. 마녀는 한 손으로 잡을 수 있을 만큼 작아진 유리병을 들었다. 손님이 있을 때는 방과 방을 이동할 때 복도로 나와 걸었지만, 아기별 같은 손님을 상대할 때는 번거롭게 하지 않아도 되었다. 방문을 열자 또 다른 방이 나왔다. 삼면 바닥부터 천장까지 이어지는 진열장이 있었고, 그 안에는 유리병들이 가지런히 놓여 있었다. 어떤 유리병은 연우보다 더 밝은 빛을 내뿜었고, 또 다른 유리병에서는 더 연약한 빛이 흘러나오고 있었다. 마녀는 진열장 중 비어 있는 자리에 연우를 올려놨다.

— 여긴 어디예요?

"숙성실이에요. 여기 반짝반짝 다양하게 빛나는 향초들이 많죠? 우주에서 별이 태어나길 기다리는 동안 향초를 숙성하는 곳이랍니다. 이곳에서 자고 있으면 엄마를 만날 수 있을 거예요."

─ 언제 만날 수 있어요?"

"글쎄요. 그건 그 누구도 확실히 말할 수 없을 거예요."

─ 엄마를 만날 수 있으면 열심히 기다릴래요!

마녀는 유리병을 조심스럽게 쓰다듬었다. 연약했던 빛이 어둠과 분간할 수 없을 정도로 아주 희미해졌다. 살짝 열린 뚜껑 사이로 빛가루를 넣어 아기별을 보호한 다음 빛가루가 새어 나오지 못하도록 단단하게 밀봉했다.

"그래요. 걱정하지 말고 푹 자요. 자고 일어나면 행복한 모습으로 엄마를 만날 거예요."

비 오는 날의 숲, 우디 향

마녀는 종이책을 보고 있었다. 어떤 행성에서는 종이책이 사라진다 하면서도 끊임없이 나오고 있었고, 어떤 행성에서는 부자나 수집가가 모으는 골동품이었으며, 어떤 행성에서는 누구나 원하면 크고 작은 도서관에 가서 빌려 볼 수 있었다.

이번에 온 행성에서는 종이책이 사치품이자 허영심을 채우는 예쁜 쓰레기였다. 잘난 척하기 위해 존재하는 것. 당연했다. 원하기만 하면 수많은 것들을 머릿속에 다운로드할 수 있는 곳이었으니까. 몇몇 손님들이 가볍게 향초 구경을 하러 왔다가 책 읽는 마녀를 보고 재수 없어 하거나 신기하게 쳐다보다가 나가곤 했다.

마녀는 손님이 오고 가는 것에 신경 쓰지 않고 책을

마저 읽었다. 막 페이지를 넘기려는데 딸랑거리는 종소리가 들리며 문이 열렸다. 마녀는 읽던 페이지에 손가락을 끼우고 책을 덮은 뒤 손님을 맞이했다.

"안녕하세요. 우주를 가로지르는 은하향초입니다."

손님은 아주 많이 지치고 힘들어 보였다. 앞으로 쏠린 목과 말린 어깨, 구부정한 허리에 눈두덩이가 푹 꺼져 있었고, 쥐어뜯었는지 입술에는 피딱지가 붙어 있었다. 등에 메고 있는 가방은 뭐가 그렇게 많이 든 건지 바닥 부분이 축 처져 있었다. 질질 끌다시피 하는 걸음을 보니 발을 들 힘도 없는 것 같았다. 그런 사람이 뭘 이렇게 짊어지고 온 걸까. 운동은커녕 집에서 나오지도 않을 것 같은 이가 여기까지 오다니 신기했다. 이 세상에 있는 모든 피곤함을 짊어진 듯하면서도 눈동자만은 선명하게 빛이 나고 독기로 가득 차서, 무언가 꼭 이루고야 말겠다는 열망이 느껴졌다.

마녀는 책갈피를 찾다가 보이지 않아 책 귀퉁이를 접었다. 그러자 그걸 본 손님이 소스라치게 놀라더니 마녀를 노려봤다.

"책을 함부로 보시는군요."

"아, 책갈피가 안 보여서요."

"그러면 읽던 곳이 어디인지 기억했다가 보면 되잖

아요!"

그동안 향초 가게를 운영하면서 다양한 손님을 만나왔기에 이런 일을 겪는다고 해서 불쾌하거나 당황스럽지는 않았다. 저렇게 피곤하면 모든 것에 예민해지고 사소한 것에도 짜증 나기 마련이었다. 마녀는 손님의 분노 앞에서 부드럽게 웃으며 말했다.

"손님, 향초를 구경하러 오셨나요?"

눈에 보이게 어깨를 들썩이며 숨을 쉬던 손님은 화를 내지 않는 마녀를 노려보다가 입술을 깨물었다.

"주문 제작을…… 할 수 있다고 해서 왔어요."

"이쪽으로 오시겠어요?"

상담실로 향하는 문을 연 채 기다리자, 손님이 주춤거리며 걸어왔다. 마녀는 손님이 올 때까지 문을 잡은 채 가만히 서 있다가 손님이 복도로 들어오자 문을 닫았다.

손님이 피곤한 상태니 걸으면서 마음을 진정시키는 것보다 빨리 앉게 하는 게 좋을 것 같아 바로 앞에 있는 방문을 열었다. 짙은 남색 방에는 귀여운 노란색 일인용 소파가 있었다. 마녀의 안내에 따라 가방을 앞으로 꽉 끌어안고 소파에 앉자, 손님의 얼굴에서 피곤함이 조금 가셨다.

"이 소파 어디서 샀어요? 이렇게 편하면서도 몸을 단단하게 받쳐주는 소파는 처음이에요……. 이런 건 비싸겠죠?"

소파가 무척 마음에 들었는지 쉴 새 없이 소파 팔걸이를 쓰다듬었다. 소파의 가격이 문제가 아니라 이곳에서는 구할 수 없는 물건이어서 마녀는 그저 웃기만 했다. 손님이 소파에 빠져 있는 동안 마녀는 물을 끓이고 차를 준비했다.

"따뜻한 라벤더 차예요."

손님은 마녀의 말을 듣고 앞에 놓인 머그잔을 바라보다 손을 뻗었다. 온기가 마음에 들었는지 양손으로 머그잔을 잡고 조심스럽게 마셨다. 한 모금 마시자 딱딱하게 굳었던 어깨가 스르르 내려간 게 보였다. 한 모금, 또 한 모금. 몸에 온기가 도는지 창백하던 얼굴에도 혈색이 돌았다.

"아까는 죄송했어요. 요새 잠을 못 잤더니 예민해진 것 같아요……."

"그러셨군요."

"저는 시리라고 해요."

마녀는 그저 마녀일 뿐이므로 소개할 이름이 없었다. 그래서 알았다는 듯 살짝 고개를 끄덕인 다음 시리에게 물었다.

"시리 님은 향초의 재료로 무엇을 가지고 오셨나요?"

"저는 누군가를 만나고 싶은 게 아니라, 이걸 우주로 보내고 싶어서 왔어요."

시리는 품에서 한시도 떼어놓을 수 없다는 듯 안고 있는 가방을 열어 책을 꺼내 테이블에 내려놓고 마녀 앞으로 밀었다. 마녀는 손을 뻗어 책을 들었다. 마감이 미흡한 건지, 보관을 잘못한 건지 책의 옆면이 고르지 않았고, 책등 부분도 울퉁불퉁했다. 그림도 없는 단순한 파란색 표지에 '인어공주'라는 제목이 검은색으로 적혀 있었다.

"바다에 사는 인어가 주인공인 소설이에요. 특수 잠수복을 입고 압축 산소 탱크를 메고 깊은 바다까지 마음껏 헤엄칠 수 있지만, 아직도 바다에 대한 연구가 계속되고 있잖아요. 바다는 우주와 같으니까 상반신은 인간이고 하반신은 물고기인 종이 나올 수도 있죠. 제 소설에서는 바다를 더 자유롭게 탐험하기 위해 연구 끝에 인어라는 개체가 나왔다고 했어요. 추락하는 우주선에서 사람을 구출해 벌어지는 모험과 사랑 이야기예요. 어때요? 재밌을 거 같지 않아요? 종이책을 읽는 사장님이라면 한 장 한 장 기대하면서 읽는 게 뭔지 알잖아요."

시리는 눈을 반짝반짝 빛내며 소설에 대해 말했다. 앞에 있는 사람이 관심을 보이며 자신의 말에 집중하고 있다는 게 느껴졌는지 시리가 입술을 깨물며 망설이다가 토해내듯 말했다.

"이거, 이거 제가 쓴 거예요. 한 문장 한 문장 고민하면서 열심히 썼어요. 한 번 읽, 읽어주시겠어요? 저의 첫 독자가 되어주실 수 있으세요?"

떨리는 목소리와는 다르고 올곧게 사람을 바라보는 빛나는 눈이었다. 마녀는 망설임 없이 조심스럽게 책을 들었다. 책을 살펴보자 어디에도 출판사 이름이 적혀 있지 않았다. 자체 제작인 듯했다. 마녀는 한 장 한 장 음미하듯이 페이지를 넘겼다. 그리 긴 이야기가 아니었기에 어느새 마지막이었다.

소설은 재미있었다. 최초의 인어공주 이야기와 흐름이 비슷하지만 시리가 사는 시대 배경에 맞춰서 상상한 이야기는 무척 매력적이었다. 바다를 이용하려고만 했던 여자아이가 주인공에게 구해진 뒤, 여러 갈등 끝에 결국 친구가 되어 사이좋게 같이 모험을 떠나는 엔딩이 마음에 들었다. 이야기를 곱씹다가 고개를 들자 무릎 위에 기도하듯 두 손을 모은 채 자신을 바라보는 시리가 보였다.

"어, 어땠어요? 괜찮았어요? 아리엘이랑 마흐가 갈등을 일으키는 건 실제 사건에서 가져온 거예요. 다들 우주를 연구하고 공략하려고 할 때, 한 회사가 바다를 해부하려고 노력 중이거든요. 바다 생물은 다른 행성에서 가져오면 된다면서요. 이곳과 유사한 환경에 있다고 하지만, 실제로 건너왔을 때 어떻게 변이할지 모르는 일이잖아요! 그렇지만 그걸 제가 너무 노골적으로 소설에 풀어낸 게 아닐지 걱정돼요. 그런 건 뉴스로 알 수 있잖아요. 이건 소설이니까 재밌어야 하는 건데……. 그리고 또 아리엘을 좋아하는 키이를 삭제하는 게 나을까요? 등장인물이 너무 많아서 번잡스러운 건 아닌지 걱정돼요."

다른 사람이 소설을 읽은 게 처음이라서 그런지, 시리는 계속 소설에 대한 고민과 걱정을 털어놓았다. 소설이 재밌었고, 작가의 이야기를 듣는 것 또한 즐거웠지만 난감한 건 어쩔 수 없었다.

"시리 님. 저는 이 책을 재미있게 읽었어요. 그렇지만 여기는 출판사도 아니고 수출업체도 아니에요. 혹시 매장에 진열하길 원하신다면 불가능하고요."

"그게 아니에요! 출판도, 수출도 바라지 않아요. 어차피 이 행성과 교류하는 행성이라면 다 소설을 읽지 않는다고요. 그냥, 그냥 다운받아 버린단 말이에요!"

시리의 눈에 눈물이 글썽글썽했다. 자기가 한 말에 스스로 상처 입은 듯했다. 마녀는 다 식은 라벤더 차를 살짝 데워서 시리에게 내밀었다. 시리는 차를 마시면서 훌쩍거렸다.

"아까도 말씀드렸지만 제가 쓴 이 소설을 우주로 보내고 싶어요. 이곳에서는…… 이야기를 읽지 않는 이곳에서는 죽은 거나 다름없잖아요. 그러니까 별이 될 수 있지 않을까요?"

먼저 떠나보낸 이가 있는 이들은 왠지 모를 이끌림에 따라 향초 가게로 오곤 했다. 오랫동안 소중하게 여긴 곰 인형이 수선할 수 없을 정도로 망가졌을 때 곰 인형도 우주에서 별이 될 수 있냐고 묻던 꼬마 손님이 온 적도 있었다. 꼬마 손님이 애정을 듬뿍 주었기에 곰 인형에 마음이 깃들어 아주 작은 별이 된 걸 알았고, 향초를 만들어 둘의 만남을 이뤄주기도 했다.

인형은 물성이 있지만 이야기는 아니었다. 그러나 참 신기하지. 독서라는 걸, 천천히 시간을 들여 문장을 읽고 음미하는 걸 모르는 행성에도 소설 쓰기를 꿈꾸는 사람들이 있었다. 이 손님처럼 말이다.

"우주로 가면 그곳에 있는 별들이 제 소설을 읽어주지 않을까요? 아니면 지나가는 우주선이 관심을 보일 수도 있잖아요."

누가, 어떻게, 어떤 이끌림으로 인해 향초 가게로 올 수 있는지는 마녀도 몰랐다. 마녀는 그저 손님을 기다릴 뿐이었으니까. 지금 같은 경우는 어떻게 해야 하는 걸까.

"별이 된다는 걸 어떻게 생각하셨는지는 모르겠지만, 이야기는 별이 될 수는 없어요."

"어째서요? 제가 영혼을 담아 쓴 건데요? 정말, 정말 힘들게 썼단 말이에요……."

시리의 눈에서 구슬처럼 동그란 눈물이 뚝뚝 굴러 떨어졌다. 모르는 이가 봐도 안타까운 마음이 들 정도로 애처롭고 가여워 보였다. 그러나 그런 것에 흔들리기에는 마녀가 살아온 시간이 아주 길었기에, 어떻게든 방법을 찾아보겠다며 시리를 위로하는 대신 산뜻하면서도 달콤한 사과 향이 나는 향초에 불을 붙였다. 향초의 심지에서 노란색 연기가 살며시 피어올랐다. 숨을 쉬는 것만으로도 기분이 한결 나아지리라.

연기가 흐릿한 안개처럼 방 안을 뒤덮자, 시리의 마

음이 진정되는 게 보였다. 몇 번 더 훌쩍거리다가 이내 눈물을 그쳤다.

"소설 쓰는 일, 많이 힘들었죠?"

"많이, 엄청 많이요. 퇴근하고 피로에 지친 몸을 달래며, 졸음과 싸우며 썼어요. 너무 힘들었는데…… 행복했어요. 이야기에 푹 빠져서 한 글자 한 글자 적어나가는 시간이 즐거웠어요. 쓰고 고치면서 지우고 다시 쓰면서 더 좋은 이야기가 되기만을 바랐어요. 누군가의 마음에 닿기를 간절히 바랐다고요."

"집에 가면 손 하나 까딱하기 싫은 마음을 알아요. 모든 게 방전되고, 가만히 누워 있고 싶고, 눈뜨면 바로 아침이 오고 출근해야 할 것 같아 눈이 감기지 않는데 그렇다고 무언가 할 에너지가 없는 상태요. 그 모든 걸 이겨내고 소설을 썼다니 정말 대단해요."

"그렇게 공들여 쓴 만큼 읽는 사람도 한 글자씩 음미하며 읽기를 바라는 게 큰 욕심일까요? 소설을 쓰는 사람은 없고, AI가 기존의 소설을 조금씩 변주하는 것만으로도 재미있다고 바로 다운받아 전체를 한 번에 알게 되는 세상에서 저 혼자 역행하고 있는 거예요? 다운받아 봤자 나중에 무슨 내용이냐고 물으면 기억도 못 할 거면서!"

"손가락으로 종이를 넘기고, 가슴이 떨려 잠시 책을 덮고 심호흡을 하고, 자는 시간이 아까워 새벽 내내 책을 읽어 내려가던 나날들. 여기에는 이제 이런 건 없죠. 종이책은 만지면 바스러질 정도로 골동품이 되었고, 수집가들은 몇 쇄인지에 따라 가격을 흥정하고, 부자들은 그저 투자가치로만 종이책을 구입하고요.

종이책 독서는 고풍스럽다 못 해 비웃음당하는 취미가 됐고, 오로지 집중력 향상을 위해 한 페이지씩 파일을 끊어 보내서 받아들이는 훈련을 하기도 하죠. 이 근방의 행성에선 글자를 천천히 읽는다는 걸 상상도 못 하겠지요.

비슷한 행성이 꽤 있어요. 그곳에서도 시리 님처럼 상상하는 걸, 이야기를 만드는 걸, 그리하여 쓰는 걸 하는 이들이 있었어요. 시리 님처럼 자신이 쓴 이야기가 별이 되기를 바라고 온 적도 있었죠. 그 손님들도 다 돌려보낼 수밖에 없었어요. 이야기는 별이 될 수 없거든요."

"왜요? 제 이야기가 빛나지 않아서요? 아니면 읽어주는 사람이 없어서 그런 거예요? 왜요? 왜……."

시리의 목소리가 점점 작아지더니 이내 입안에서만 맴돌다가 입술마저 굳게 닫히고 말았다. 별이 될 수 없다. 단정적이고 확고한 말을 들으니 마음이 무너져 내린 걸까. 영혼이 빠져나간 것처럼 시리의 얼굴에는 아무런 표정도 없었다. 생의 의지도, 꿈에 대한 열망도 모조리 사라진 빈껍데기 같았다.

사랑도 미움도 그리움도 원망도 간절함도 분노도 없이, 아무것도 남은 게 없는 존재는 별이 될 수 없었다. 영혼은 별의 씨앗이 되지 못한 채, 운이 좋으면 육체가 스러져 먼지가 되어 우주로 흘러가고, 그렇게 하염없이 우주를 떠돌다가 별의 씨앗에게 붙어서 별로 형성될 수 있을 것이다.

아무것도 없는 존재는 아주 드물었다. 살아 있는 이상 다른 존재와 교류하며 많은 것을 경험하고 느끼며 자라나니까. 그러나 아주 간혹, 이렇게 크나큰 절망에 빠져 영혼을 잃은 존재가 있었다. 마녀에게 영혼을 잃은 존재를 지켜야 할 의무는 없었지만, 눈앞에서 슬퍼하는 자를 외면할 수는 없었다. 존재와 존재를 잇고, 비어 있는 우주를 채우며, 별의 스러짐에 경이를 보내며, 새로운 생명의 탄생에 기뻐하는 게 마녀였으니까.

"시리 님, 잘 들어보세요. 당신의 소설이 재미없다거나, 이상하다거나, 엉망이라서가 아니에요."

시리의 눈에 빛이 돌아오지는 않았지만 듣고 있는

건 알 수 있었다. 마녀는 할머니가 손주들에게 이야기를 들려주듯, 머나먼 곳에 있는 별빛이 내리쬐듯, 불규칙한 박자로 파도가 일렁이듯 나지막이 말했다.

"이야기는 흐르는 거예요. 시리 님이 쓴 책에 인어가 나온 것처럼 아주 먼 옛날, 어떤 행성에 시리 님의 소설처럼 '인어공주'라는 제목의 이야기가 있었답니다. 바다에 사는 인어공주가 육지의 왕자를 사랑했지만 결국 이어지지 못하고 공기의 요정이 되었다고 끝이 났죠. 시간이 지난 뒤에 다른 이야기 속의 인어공주는 인간이 되어 왕자와 사랑이 이루어졌어요."

"제가…… 제가 표절까지 한 거예요……? 하지만 처음 듣는 이야기예요. 바다를 배경으로 한 인어공주는 제가 처음이라고 생각했는데……."

"그런 게 아니에요. 무엇보다 이 이야기는 오래된 이야기거든요. 손님이 상상할 수 없을 만큼 아주 오래요. 보자……. 이곳에는 우주 해류에 떠밀려 온 여러 물품을 보고 상상하고 기록하다가, 자신의 별에 난파된 다른 별에 사는 사람을 구하고 다른 별로 나아가 호기심을 충족하며, 우주 역사학자가 되어 이 별과 저 별을 오가며 발굴을 하는 이야기가 있네요. 주인공이 자신의 유연한 꼬리로 추진력을 얻어 우주에 떠다니는 물품을 찾아다니는 이야기요."

"아, 알아요. 저도 예전에 그 이야기를…… 다운받
고 우주 역사학자가 되고 싶다고 생각한 적이 있었어
요. 이야기는 사람을 꿈꾸게 하는데…… 왜 이야기를
읽지 않는 걸까요?"

"맞아요. 우주 역사학자가 된 인어공주는 많은 어린
이를 꿈꾸게 했죠. 이곳과 아주 먼 은하계에도 우주탐
험가가 된 인어공주 이야기가 있답니다. '인어공주'는
시대에 따라, 소망에 따라 흐르고 있어요.

'신데렐라' 이야기도 있어요. 계모와 언니들에게 구
박받는 재투성이 신데렐라. 요정의 도움을 받아 무도
회에 가지만 12시 전에 돌아와야 했죠. 왕자는 신데렐
라가 흘리고 간 유리 구두를 찾아 헤매고요. 결국 신데
렐라는 왕자를 만나 행복해져요."

"처음 들어요. 그런데 인어공주도 그렇고 신데렐라
도 그렇고 옛날이야기에는 왜 왕자가 나오는 거예요?"

"왕자를 만나 행복해지는 게 옛날이야기의 특징 중
하나거든요. 요즘의 신데렐라는 알아요?"

"어릴 때 다운받은 적은 있는데 기억을 정리해서 모
르겠어요."

"들어봐요. 요즘의 신데렐라는 악덕 고용주와 그 가

족들이 연회장에 간 사이에 자신에게 필요한 물건과 값비싼 것들을 챙겨 입주 가정부 일을 그만둬요. 훔친 게 아니라 정당하게 계약서에 적힌 대로 자신이 일한 만큼의 월급과 성과금과 퇴직금을 가져간 거죠. 고용주가 법적조치를 취하려 했으나, 오히려 벌금을 토해 내고 집행유예를 받았어요. 이 이야기를 읽거나 다운받은 아이들은 자신이 불리한 일을 당했을 때 법적으로 보호받을 수 있다는 걸 알고, 불합리한 일에 대해 말해도 괜찮다는 인식을 받게 되지요. 불법을 저지른 사람은 처벌을 받고요. 자신의 경험을 바탕으로 불합리한 노동환경에서 일하고 있는 자들을 대변하는 변호사가 된 신데렐라를 보고 변호사를 꿈꾸는 이도 많았을 거예요."

"그 이야기를 들으니까 생각나요! 변호사가 장래 희망이었던 적도 있어요! 제가 신데렐라를 다운받아서 변호사를 꿈꿨던 거군요……."

"귀여워라, 꿈이 많은 아이였네요. 자, 제가 말한 옛날이야기 중에 시리 님이 알고 있는 게 있나요?"

시리는 머뭇거리다가 고개를 내저었다. 그러면서도 자신이 몰랐던 이야기가 있다는 것에 흥미가 생겼는지 꺼졌던 빛이 다시 희미하게 반짝이고 있었다.

"그래서 이야기는 별이 될 수 없어요. 계속 바뀌고 흐르니까."

손님에게 이렇게 길게 이야기를 한 건 너무 오랜만이라 목이 탔다. 마녀는 시원하면서도 달콤쌉싸름한 자몽 차를 만들어 시리와 자신의 앞에 두었다. 투명한 얼음이 달그락거리며 경쾌한 소리를 냈다. 마녀와 시리는 사이좋게 음료를 마시며 잠시 침묵을 즐겼다.

"소설 쓰는 걸 계속 해봐라, 그만하는 게 어떠냐, 그런 말은 하지 않을 거예요. 그건 본인의 선택이니까요. 소설을 쓰다가 지쳐서 잠시 쉴 수도 있고, 그러다가 소설을 쓰고 싶어지면 다시 쓰면 돼요. 다만 이야기는 흐르고 흘러서……."

마녀는 말을 멈추고 방 안을 흐릿하게 메웠던 연기를 향해 손짓했다. 그러자 연기인 줄만 알았던 것들이 아주 작은 별이 되어 반짝반짝 빛났다. 별들은 자유롭게 흐르고 즐겁게 휘몰아쳤다. 그 작고 작은 별 하나하나가 이야기였다. 셀 수도 없이 많은 이야기가 모여 커다란 은하수가 되어 흐르고 있었다.

"아름답죠? 사람들에게 아주 많은 사랑을 받은 이야기가, 단 한 명의 독자가 열렬히 사랑한 이야기가, 원형에서 아주 많이 바뀐 이야기가 모이고 모여 강처럼 흐르고 있어요. 태고에서부터 입에서 입으로 전해져 온 이야기부터 문서로 남은 이야기, 자기 전에 들었던 이야기, 몇 번이고 곱씹게 되는 이야기, 이제 아무도 알지 못하는 이야기까지도 모두 반짝거리고 있어요. 다른 형태, 다른 빛이지만, 모두 모이니 은하수가 되고, 온 우주에 너울너울 흐르지요.

시리 님의 이야기는 이 은하수 속에 흐르고 있을 거예요. 지금 당장 주변 사람들이, 이 행성에 사는 이들이 이야기를 읽지 않는다고 해도 이 은하수에서 다른 이야기와 놀고 부딪히고 합치고 뒤섞이고 분리되면서 또 다른 이야기가 만들어질 거예요. 그리고 온 우주에 흐르겠죠."

아주 여리고 희미한 빛을 내는 별들이었다. 그러나 그 별들이 모인 은하수는 얼마나 아름다운지. 시리의 눈에서 별 같은 눈물이 떨어졌다. 몇몇 별들이 떨어지는 눈물에 모여들더니 하나의 별이 되어 더 영롱하게 빛났다. 그러다가 주위의 다른 별들과 부딪혀서 나눠지고 그 옆의 별과 합치면서 유유히 흘렀다.

시리는 홀린 듯이 자신이 흘린 눈물을, 그 안에 담긴 자신의 이야기를, 자신의 이야기가 새로운 이야기와 만나고 흩어지는 것을, 그리하여 은하수 여기저기에 천천히 흐르는 것을 지켜보았다.

눈을 다시 깜박이자 별들이 사라지고 다시 남색 공간만 남아 있었다. 별들이 사라지며 시리에게 빛을 전달한 것처럼 시리의 영혼도 다시 밝게 빛났다. 이제 때때로 좌절하더라도, 계속 쓸 힘을 얻었을 것이다.

"이건 아주 먼 옛날에 종이책을 진열해서 파는 서점에서 나던 향기가 나는 향초예요. 이 향초를 피웠다가 불을 끄면 아까 봤던 은하수를 꿈속에서 만날 수 있어요. 시리 님이 계속 이야기를 쓴다면, 은하수가 더 커지겠지요. 이건 좋은 이야기를 읽을 수 있게 해준 것에 대한 선물이에요, 작가님."

시리는 깜짝 놀라서 눈과 입을 동그랗게 벌리더니, 이내 환하게 웃었다. 우주에서 봐도 행복을 느낄 수 있을 만큼 아주 시원하고 사랑스러운 미소였다.

햇볕 아래 빛나는 바다 향

"이제 그만해. 힘을 너무 많이 썼어."

"그렇지만⋯⋯."

봄을 알리는 세 번째로 핀 목련은 비틀거리는 깊은 절벽의 두 번째 동굴 속 별산호를 부축했다. 모든 힘을 쥐어짜 물을 정화한 탓에 산호의 얼굴이 창백하다 못 해 파랗게 질린 채였다. 두 사람은 커다란 나무 아래 있는 물통을 바라봤다. 나무를 깎아 만든 물통 안에는 투명한 물이 가득했다. 나뭇잎 사이로 떨어지는 햇빛을 받아 표면이 반짝거리는 모습이 그 어떤 보석보다도 아름다웠다. 아름답지만 바다에 비하면 아주 적은 양이었다. 두 사람은 한숨을 삼키면서도 애정을 담은 눈으로 깨끗한 물을 하염없이 바라봤다.

육지에서 사는 사람들과 바다에서 사는 사람들은 오랫동안 싸웠다. 수명이 긴 그들도 이유를 알지 못할 정도로 아주 예전부터 싸워왔다. 육지에 사는 이들은 바다를, 바다에 사는 이들은 육지를 확보하기 위해서였거나, 누군가 상대의 영토를 공격적인 의도를 가지고 침범했거나, 아이들이 호기심에 상대의 영토에 들어간 걸 수도 있었다.

그래도 그게 오랫동안 싸움을 이어올 이유는 아니었을 것이다. 어느 순간부터는 싸웠기 때문에 싸웠던 것 같았다. 육지에 사는 사람들은 바다에 독을 풀고, 식물을 키워 바다를 메우고, 바다에 사는 사람들은 육지에 폭탄을 터뜨려 식물을 죽이고 땅을 파괴했다. 당연하게도 바다와 육지가 피로 물들며 점점 황폐해졌다. 물고기 한 마리, 풀 한 포기도 살 수 없을 만큼.

그제야 사람들은 정신을 차리고 자신이 살아갈 곳을 위해, 행성을 살리기 위해 협력했다. 방금까지도 피투성이가 되어 싸우던 상대와 손을 잡아야 했지만 머리가 복잡하지도 않았고, 상대가 배신할까 봐 의심할 여유도 없었다. 증오도, 미움도, 원망도 모두 접어야 할 만큼 절망스러웠기 때문이었다.

망망대해보다 육지를 회복시키는 게 더 수월하다 여기기도 했고, 육지보다 바다의 상태가 더 좋지 않았기 때문에 바다에 사는 이들이 모두 육지로 올라왔다. 바다에 사는 이들이 모두 육지로 올라오자, 바다는 마지막 힘을 다했다는 듯 검게 물들었다. 육지에 사는 이들은 바다가 보이지 않도록 높은 방파제를 만들고, 바다 근처에는 높은 건물도 짓지 않았다. 바다에 살았던 이들이 바다를 보면 홀린 듯이 걸어 들어가 죽었기 때문이었다.

바다에 사는 이들은 물을 다룰 줄 알고, 육지에 사는 이들은 땅을 돌보며 식물을 잘 키울 수 있었다. 바다에 살았던 이들은 육지에 고인 오염된 물을 정화하고, 육지에 사는 이들은 그 물을 땅 곳곳에 뿌렸다. 한 뼘, 한 걸음, 누울 수 있을 만큼, 뛰어도 될 만큼 육지가 회복하는 범위가 늘어났다. 촉촉한 땅 위에서 자라는 녹색 식물을 보는 건 바다에서 자라는 산호초를 보는 것과 같은 감동이 있었다. 죽음 위에서 새로운 생명이 태어나는 것을 보며 사람들은 더 열심히 정화하고 복구 작업을 했다.

어느 정도 생명력이 돌아오자 육지는 더 풍요로워지기 시작했다. 나무는 울창하게 자라고, 식물은 건물을 휘어감을 정도로 자라났다. 사람의 노력도 있었지만, 식물 본연의 힘이었다.

육지가 회복하도록 노력하는 동안 바다를 정화하는 작업을 소홀히 한 건 아니었다. 육지에 사는 이들이 바닷물을 떠오면, 바다에 살았던 이들은 그 물을 정화했다. 좌절하면서, 참회하면서, 절망하면서 그들은 고향으로 돌아가기 위해 제 생을 바쳐 검게 물든 물을 깨끗하게 정화했다. 바다는 아주 넓고 정화하는 양은 매우 적을지라도, 그들은 포기하지 않았다. 깨끗한 물을 계속 붓다 보면 언젠가는 바다 전체가 깨끗해질 수 있을 거라고 믿었다. 어차피 사람들이 할 수 있는 일은 그것뿐이었으므로. 무의미한 일이라 할지라도 말이다.

그러나 바다에 살았던 사람들도 다 알지 못할 정도로 넓고 깊은 바다는 여전히 검게 물든 채였다. 언제부터 싸웠는지 까마득한 것처럼 언제부터 정화 작업을 했는지 아득했다. 사람들의 생은 길었으나, 바다에서 살았던 이들은 모두 바다로 돌아간 상태였다. 육지에 남은 이들은 바다를 모르는 이들뿐이었다. 이제 자신들의 고향은 육지인데 왜 바다를 정화하는 노력을 해야 하는지 모르겠다는 말도 나오고 있었다. 뿌리를 잊은 이들의 정화 능력이 약해지는 건 당연한 일이었다.

육지에 있는 강과 호수를 정화하기에는 충분하니, 그렇게 주장하는 자들은 별문제 없다고 생각했다. 그러나 뿌리를 잊고, 존재의 근원을 잊은 사람들이 늘어나면 육지 또한 다시 죽음으로 뒤덮일 가능성이 있었다.

"목련, 조금만 쉬면 힘이 돌아올 거야. 나도 같이 옮길 테니까 바닷물을 조금만 더 떠다 줄래?"

목련은 별산호를 말리고 싶었다. 이대로 가다가는 바다가 아니라 별산호가 말라 죽을 것 같았다. 그러나 바다를 정화하는 일을 포기한다면 죄책감과 절망감에 말라죽겠지. 바다가 조금이라도 변했다면 별산호도 멀리서나마 바다를 볼 수 있을 텐데, 여전히 죽음을 떠올리게 하는 모습이라 별산호가 바다를 보면 망설임 없이 뛰어들 게 분명했다.

두 사람은 수레에 물통을 싣고 바다를 향해 걸어갔다. 그때였다. 신의 계시가 들려왔다.

방에서 자고 매장으로 나왔더니 위치가 바뀌어 있었다. 통유리창 너머에는 끝없이 펼쳐진 검은색이 있었다. 바다였다. 파도마저 검은색이라 자세히 들여다보지 않으면 바다가 아니라 드넓은 호수처럼 보이기도 했다. 생명력이라고는 하나도 느껴지지 않아서, 가만히 보고 있으면 홀린 듯 깊은 바다를 향해 걸어 들어갈 것만 같았다.

그래서 그런지 바닷가를 둘러싼 방파제가 아주 높이 솟아 있었다. 향초 가게가 방파제가 있던 자리에 생긴 게 문제였다. 출입문이 바다 쪽을 향해 있어서 들어오는 존재가 아무도 없을 것 같았다. 마녀는 가볍게 손을 휘둘러 가게 정면을 육지 쪽으로 바꿨다. 바다와 가까워서 그런지 창밖에는 울창한 나무와 풀만이 가득했다. 돌아다니는 사람이 아무도 없어서 이번에는 휴가인가 싶어 늘어져 있고 싶었지만, 어느새 진돌이가 일어나서 마녀의 발 근처에 섰다.

잠이 다 깼는지 까만 눈동자를 반짝거리며 낯선 길거리를 보고 있었다. 육지에는 회색 콘크리트와 초록색 식물이 자연스럽게 뒤엉켜 있었다. 하늘을 찌를 듯 유난히 높은 건물 또한 마찬가지였다. 오히려 햇빛을 받기 좋은지 높은 건물 끝자락에는 노란색 꽃들이 풍성하게 피어 있었다. 나무들도 크고 이파리가 울창했다. 인간 문명이 멸망하고 아주 오랜 시간이 지난 뒤의 풍경 같았다.

이번에는 누가 간절히 바라서 온 게 아닌가? 그저 우연히 온 걸까? 죽음의 바다와는 다르게 식물들이 생생히 살아 있는 모습이 의아하긴 했다. 마치 바다의 생명력을 모조리 쏟아부어 식물을 키워낸 것만 같았다. 어쩌면 황폐해진 세상에서 있는 힘을 다해 육지의 생명을 지켜낸 걸지도 모르겠다. 모든 건 우주 속에 있으니, 마녀가 크게 연연할 일은 아니었다. 어찌 되었건 초록이 무성한 창밖을 보니 마음이 노곤해졌다. 바람이 부는지 이파리들이 한쪽으로 쏴아아 밀렸다가 제자리로 돌아왔다.

자세히 들여다보면 창밖의 초록은 모두 달랐다. 갓 태어난 연두색과 오래 나이를 먹어 이파리가 두꺼워져 아래로 축 늘어진 녹색과 구름을 섞은 것처럼 뽀얀 초록색과 장난꾸러기가 물감 폭탄을 터뜨린 것처럼 뒤섞인 점박이 연녹색이 한 폭의 그림 같았다. 가만히 바라보고만 있어도 평화로워지는 풍경이었다.

"산책하기 좋은 곳이네."

산책이라는 말을 알아들은 진돌이가 벌떡 일어나서 마녀를 올려다보더니, 마녀의 왼손에는 목줄이, 오른손에는 향초가 있는 걸 확인하고는 꼬리를 힘차게 흔들며 마녀 주위를 빙글빙글 돌았다.

본래 마녀 이외의 존재는 향초 가게 밖으로 나갈 수 없었고, 애초에 진돌이에게 가게 안에만 있어야 한다고 처음부터 말하긴 했으나, 진돌이는 개였다. 진돌이가 외출을 싫어하면 괜찮겠으나 진돌이는 산책을 좋아하고 호기심도 많았다. 마녀의 호의에 기대고 있는 자신의 처지를 알고 있기에 마녀에게 산책하고 싶다거나 놀아달라고 보챈 적이 없었지만, 그래서 더 안쓰러웠다.

마녀는 향초를 만들고 남은 재료들과 진돌이의 털을 조합해 진돌이 전용 향초를 만들어두고, 가게 밖으로 외출할 때마다 진돌이에게 향초의 연기를 입혔다. 그렇게 하면 우주 곳곳에 있는 별들의 위치가 산발적으로 떠올라 일종의 소우주에 있는 듯한 상태가 되어 진돌이가 향초 가게에 있는 것 같은 효과를 발휘할 수 있었다. 향이 모조리 날아가기 전에 돌아와야 한다는 단점이 있었지만, 진돌이는 짧은 산책만으로도 즐겁다는 듯 꼬리를 아주 세차게 흔들었다.

목줄을 채운 다음에 향초를 피웠다. 색색의 별가루가 섞인 연기가 피어오르며 진돌이의 주위를 맴돌았다. 진돌이는 연기를 잡아먹을 것처럼 입을 벌리고 폴짝폴짝 뛰었다. 마녀는 웃으면서 진돌이에게 향이 입혀질 때까지 기다렸다가, 진돌이의 정수리에 코를 박고 향을 맡았다. 어떤 향이 나는지는 그때마다 달랐는데, 오늘은 풀이 무성한 바깥과 어울리는 야생의 꽃향기였다.

"좋아. 가자."

"멍!"

향초 가게 문을 열자마자 풀 냄새가 콧속 가득 들어왔다. 이렇게 강렬한 풀 냄새가 풍기는 곳은 오랜만이었다. 최근에는 매연과 미세먼지가 너무 심한 도심 속이나, 옆 건물에서 뭐 하는지 보일 정도로 가까운 건물과 건물 사이나, 걸어 다니는 사람이 무척 많은 길거리에 나타나 일반 손님이 가득 차 정신이 없거나 했었는데 여기는 자연만이 가득했다. 새도 있고 나무 사이를 돌아다니는 다람쥐도 있는데 사람만 없었다.

식물이 많아서 그런지 공기가 약간 습했고, 햇볕은 무척이나 따가웠다. 햇빛 아래 있으면 살이 익을 것 같았다. 마녀와 진돌이는 서둘러 울창한 나무들이 그늘을 드리운 숲속으로 들어갔다.

진돌이는 새로운 곳이 궁금한지 한 걸음 한 걸음마다 냄새를 맡았다. 마녀는 재촉하지 않고 진돌이가 원하는 대로 걸었다. 진돌이는 할머니와 함께 다니며 산책에 익숙해졌기 때문에 뛰는 것보다는 걷고 냄새를 맡고 풍경을 바라보는 걸 좋아했다. 형광 핑크색 날

개를 가진 나비를 유심히 관찰하는 진돌이를 지켜보고 있을 때, 멀리서 인기척이 느껴졌다. 낯선 누군가가 다가와도 경계할 줄 모르는 진돌이는 코를 대면 오그라드는 식물이 신기한지 이파리 하나하나마다 코로 콕콕 찌르고 있었다.

"신의 사자이십니까?"

산책하는 사람인 줄 알고 신경 쓰지 않았는데, 들려오는 말을 듣고 놀라서 누가 자신을 불렀는지 확인할 수밖에 없었다. 물결치는 남색 머리카락을 가진 사람과 뾰족한 귀를 가진 사람이 마녀가 놀라지 않도록 거리를 둔 채 나란히 서 있었다.

마녀는 그 말을 듣고 자신의 모습을 확인했다. 하얀색 티셔츠에 검은색 냉장고 바지를 입고, 검은색 샌들을 신은 채 왼손으로는 진돌이의 목줄을 잡고 있었다. 말을 건 존재를 바라보자, 본인도 상대가 듣기에 당황스러운 말을 했다는 걸 아는지 귀가 붉어진 상태였다.

"놀라게 해서 죄송합니다. 저는 봄을 알리는 세 번째로 핀 목련이고, 이쪽은 깊은 절벽의 두 번째 동굴 별산호입니다. 편하게 목련, 별산호로 부르시면 됩니다. 저희는 바다로 가면 신의 사자를 만날 수 있을 거라는 계시를 받았습니다. 신의 사자가 맞으시지요?"

드넓은 우주 속에 있는 무수한 행성 중에는 신이 존재하는 곳도 있었다. 사람들의 소망이 모여 탄생하기도 했고, 행성이 의지를 가지기도 했으며, 누구보다도 깨끗하고 맑으며 선한 영혼이 우주로 날아가 별의 씨앗이 되는 대신 행성과 결합하기도 했다. 그런 만큼 신의 성격도 다양해 어떤 곳에서는 정말로 신의 뜻에 반하는 마녀로 몰렸고, 어떤 곳에서는 서로의 영역을 존중하며 조용히 있었으며, 드물게 신이 직접 개입해 마녀에게 도움을 요청하는 경우도 있었다. 이 행성의 신이 마녀를 부른 걸까?

마녀는 도움을 요청하면 거절하지 않는다. 그게 설령 신일지라도 말이다.

"제가 신의 사자인지는 모르겠지만, 우선 대화를 해볼까요? 따라오세요."

진돌이는 정신없이 장난을 치다가 마녀가 움직이자 곧바로 발걸음을 옮겼다. 똑똑한 진돌이는 산책을 나갔을 때처럼 여기저기에 관심을 보이지 않고 씩씩하게 마녀의 옆을 걸었다. 타닥타닥하는 가벼운 발걸음과 살랑거리는 꼬리에 시선을 빼앗긴 건지, 신의 사자 같지 않은 존재에 대한 당혹스러움 때문인지 가만히 서 있던 두 사람이 뒤늦게 따라오는 기척이 느껴졌다.

두 사람은 높게 세운 담 사이에 1층 건물이 있다는 사실에 놀랐는지 걸음을 멈췄다. 간판은 없었지만 유리창 너머에는 향초들이 진열된 모습이 보였다. 며칠 전에 순찰했을 때는 이런 건물이 없었는데 무슨 일인지 모르겠다. 무너진 흔적이 있는 것도 아니고 뚝 잘라 이어 붙인 것만 같은 모습에 입만 뻐끔거렸다.

"가게가 이동하면 원래대로 돌아올 테니 걱정하지 말고 들어오세요."

"그, 네⋯⋯. 그럼 실례하겠습니다."

마녀의 안내를 따라 두 사람이 가게 안으로 들어왔다. 코끝에서 맴도는 마음이 편안해지는 허브 향에 잔뜩 긴장했던 몸이 살짝 이완되었다. 마녀는 진돌이의 목줄을 푼 다음 손님들을 안쪽으로 안내하려고 했다.

"혹시, 저쪽에 있는 바다를 보신 적 있으세요?"

"네."

"괜찮, 괜찮으셨습니까?"

"네. 괜찮았어요. 왜 그러세요?"

"혹시 바다를 향한 창문은 문 너머에 있습니까? 거기가 신의 사자께서 지내시는 곳일까요? 정말 죄송하지만 바다를 잠깐만이라도 보게 해주실 수 있을까요?"

그 말을 듣고 안으로 안내하려는 생각을 접었다. 가

게의 방향을 바꾸자 창문 너머로 탁 트인 바다가 펼쳐졌다. 손님들은 마녀의 손짓을 따라 고개를 돌렸다가 홀린 듯이 이마가 닿을 만큼 창문 가까이에 다가갔다. 햇볕 아래에서도 반짝거리지 않는 검은 바다를 움직이지도 않고 바라봤다.

마녀는 손님들이 바다를 보는 동안 바다가 잘 보이는 위치에 테이블과 의자를 만들어낸 뒤, 의자에 앉았다. 진돌이는 마녀 옆에 배를 깔고 엎드린 채 간식을 야금야금 먹었다. 마녀는 뜨개질 거리를 소환해 뜨개질을 시작했다. 아주 추운 행성에 가게 되면 진돌이에게 입힐 옷이었다.

"정말 바다네……. 입에서 입으로만 듣던 바다가 아니라 진짜 바다. 그렇지만 그렇게 노력했는데도 아직도 칠흑 같아. 그동안 했던 게 쓸모없는 일이었을까?"

목소리에는 물기와 체념이 가득했다. 어깨가 불규칙적으로 들썩이는 걸 보니 온 힘을 다해 울음을 참는 것 같았다. 마녀는 테이블 위에 따뜻한 차 세 잔과 진돌이 앞에 시원한 물그릇을 만들어냈다. 진돌이가 찹찹거리며 물을 마시는 소리 사이로 간헐적인 흐느낌이 들려왔다. 마녀는 내색하지 않고 뜨개질을 했다. 시간이 지나자 손님들이 몸을 돌려 의자에 앉았다.

"죄송합니다. 바다를 보는 게 처음이라서 시간 가는
줄 몰랐습니다."

"더 보셔도 괜찮아요."

"아닙니다. 그보다 더 중요한 게 있으니까요. 신의
사자께 꼭 부탁드릴 일이 있습니다."

고개를 아주 깊숙이 숙이자 남색 머리카락이 파도
처럼 물결쳤다. 손님은 고개를 숙인 상태에서 아주 간
절히 말했다.

"저희 행성의 바다가 죽었습니다. 혹시 바다도 별이
될 수 있다면, 그래서 저희 행성의 바다가 별이 되었
다면, 그곳으로 갈 수 있게 도와주시면 감사하겠습니
다. 부탁드립니다."

마녀는 생각지도 못한 말을 듣고 당혹스러웠으나,
손님들을 일으키는 게 먼저였다. 마녀의 만류에도 마
녀가 부탁을 들어줄 때까지 숙이고 있겠다는 듯한 태
도에 어쩔 수 없이 손님들을 부드럽게 일으켰다. 손님
들은 저항할 수 없는 힘에 당황해 사방을 둘러보다가
마녀를 마주 보고서야 얌전해졌다.

"신이 그렇게 말했나요?"

"그건 아닙니다. 바닷가 근처에서 누군가를 만날 수
있는데, 그분이 저희가 바다를 만나도록 도와줄 수 있

다고 했습니다. 그래서 바닷가를 돌아다니던 중에 저희가 신의 사자를 만나게 된 것입니다."

"제발 부탁드릴게요. 저희가 바다를 만날 수 있도록 도와주세요!"

별산호와 목련은 정중하게 고개를 숙였다가 들었다.

그러나 마녀는 신의 사자가 아니라서 이들의 소원을 들어줄 수 없었다. 무엇보다 바다는 별이 될 수 없었다. 하늘, 바다, 태양, 바람 같은 것들은 행성과 함께 태어났다가 사라졌다. 행성이 폭발하여 우주의 먼지가 되고, 별이나 새로운 생명이 탄생할 때 재료가 될 수는 있겠지만 자연이 홀로 별이 될 수는 없었다. 그리워하는 이들이 많아도 말이다.

말하지 않아도 마녀의 눈빛으로 불가능하다는 걸 알아차렸는지 별산호가 눈물을 뚝뚝 흘렸다. 목련은 별산호의 눈물을 보고 어쩔 줄 몰라하며 허둥지둥 손으로 부드럽게 닦아주었다. 조금만 힘을 주면 깨질 것 같은, 아주 소중한 걸 대하는 듯한 손길에 마녀는 앞에 있는 별산호와 목련이 서로 사랑하는 사이라는 걸 깨달았다. 그래서 바다가 없어도 되는 거 아니냐고 하는 바다 사람이 있는 반면에, 바다 사람을 위해 바다를 되살리려고 노력하는 육지 사람들이 있다는 것도 알게 되었다.

마녀가 할 수 있는 일의 범위를 벗어나는 일이었기 때문에 돌려보내려고 했으나, 사랑하는 이를 위해 애쓰는 존재에, 좌절과 역경 속에서도 자라나는 마음에, 상대가 행복하기를 바라는 간절한 마음에, 그러니까 사랑에 약한 마녀는 방법을 찾기 위해 고민하기 시작했다.

"바다는 별이 될 수 없어 만나러 갈 수 없지만 두 분이 바다가 있는 다른 행성을 잠시 들여다볼 수 있게 하는 건 가능해요."

이 행성에는 다른 행성으로 이주할 수 있는 기술이 없었다. 이주할 수 있었으면 예전에 이주했겠지. 바다를 보고, 아는 것만으로도 약간의 실마리가 된다면 좋을 것 같았다. 바다 사람들이 원하는 만큼 많이 볼 수 있는 건 아니겠지만, 아예 모르는 것보다는 낫지 않겠는가.

마녀도 안다. 이대로 가면 이 행성에 사는 생명은 다 죽을 것이며, 검은 바다가 초록색 육지를 뒤덮어 행성마저 죽게 되리라는 걸. 그러나 그게 순환이었다. 별의 탄생과 죽음은 서로 맞물려 있으며, 이 행성이 죽음으로써 수많은 생명이 태어날 터였다. 그리하여 이런 일하나하나에 연연하지 말아야 한다는 것도 알았다.

알지만, 이런 일에 마음이 쓰이지 않는다면 마녀는 진작에 가게를 이어받을 존재를 찾은 뒤 우주의 순환 속에 몸을 맡겼을 것이다. 모든 것을 사랑하고, 모든 것에 마음이 가고, 모든 것을 마음에 담았기에. 온 우주를 유영하며 마음과 마음을 이어주는 일을 하는 마녀가 입을 열었다.

"그 전에 바다가 정말 죽었는지, 돌이킬 수 없는지 확인해야 할 것 같군요."

"어떻게요?"

"여기서 잠시 기다리세요. 차와 다과를 준비해 뒀으니 마음껏 드시고요."

마녀가 자리에서 일어나자 진돌이도 따라 일어났다. 마녀가 밖에 나가는 걸 아는 것처럼 마녀의 다리에 몸을 비비며 자신도 따라 나가고 싶다는 티를 냈으나, 마녀는 진돌이의 머리를 박박 긁어주고는 망설임 없이 문을 열고 밖으로 나갔다.

문이 열리는 짧은 사이에 짭조름한 바다 내음이 가게 안으로 들어왔다. 그 내음을 맡은 별산호는 순간적으로 정신이 멍해지며 자리에서 일어나 한 걸음 내디뎠다가, 가게에서 나는 달콤한 꽃향기를 맡고 정신을 차렸다.

별산호는 눈으로 마녀의 뒷모습을 좇았다. 통이 큰 검은색 바지가 바닷바람에 펄럭거리고, 검은색 머리카락도 세차게 흩날렸지만, 마녀는 흔들림 없이 올곧은 자세로 바다를 향해 걸어가고 있었다. 죽은 바다에 홀려서 의지도 생각도 없이 이끌려 비척비척 걷는 게 아니라, 확고한 의지를 가진 존재의 걸음걸이라 안심이 되었다.

온통 까맣기만 해서 다 바다인 줄 알았는데 검은 모래사장이 있었다. 손톱만 한 조개껍데기도, 파도에 밀려온 해초도, 간혹 발견되는 쓰레기도 없었다. 그저 검기만 했다. 모래도, 파도도, 바다도 모두 검은색이라 죽음 위를 걷는 듯했다. 혹은 우주거나.

온통 까매서 바다와 모래사장의 경계를 가늠하기가 어려웠다. 한 걸음 내디뎠다가 갑자기 몰려온 파도에 무릎까지 젖어버렸다. 경계에서 지켜보려 했으나 이미 젖은 김에 바다를 향해 성큼성큼 들어갔다. 바닷속을 들여다봐도 보이는 게 없었다. 마녀는 고개를 들고 드넓은 바다를, 바다 너머의 바다를 바라봤다.

마녀는 모든 걸 알고 있으면서 모든 걸 모르기도 했다. 시간과 공간에 구애받지 않고 우주 여기저기를 돌아다니니 당연한 일이었다. 그래서 마녀에게는 지금, 현재가, 눈앞에 있는 손님이 제일 중요했다. 마녀는 자신이 할 수 있는 일을 하기로 했다. 검은 바닷물과 검은 모래를 떠서 향초를 만드는 것. 그리운 마음을 연기에 실어 이 별을 보듬을 수 있을 것이다.

그것은 사람들이 저지른 돌이킬 수 없는 잘못에 대한 반성이며, 눈앞에 존재하면서도 만날 수 없는 바다에 대한 추모였고, 여기에 사는 존재들을 위해 애를 쓴 별을 위한 애도였다. 우주의 마녀는 우주와 별과 별 안의 모든 것을 사랑하는 마음으로 유리병을 꺼냈다. 바닥에 깔린 모래와 함께 바닷물이 천천히 허공으로 떠오르더니 유리병 속으로 들어갔다.

마녀는 유리병 안을 찬찬히 보다가 서둘러 가게로 향했다. 거칠어진 파도가 몸을 때리고 모래사장이 발길을 잡아끄는 걸 뒤로한 채 문을 열고 두 사람 앞에 섰다. 두 사람은 눈을 동그랗게 뜨고 마녀를 올려다봤다. 사랑하면 닮는다더니, 비슷한 표정을 하고 있는 두 사람을 보니 작게 웃음이 터졌다.

바다처럼 서늘하고 밤처럼 고요할 것만 같은 사람이 헝클어진 머리카락과 별처럼 빛나는 눈을 한 채 살짝 거칠게 숨을 쉬고 있었다. 그 모습을 보니 무언가 좋은 일이, 즐거운 일이 생길 것만 같다는 기이한 기대감이 생겼다. 이내 두 사람의 눈동자에도 별이 반짝거렸다. 사람들의 밝은 기운을 느끼고 바닥에 얌전히 엎드려 있던 진돌이도 벌떡 일어나 꼬리를 흔들었다. 진돌이의 눈에도 별이 가득했다. 그 별들이 모두 작은 유리병을 향했다.

별가루를 넣은 것도 아닌데 유리병 안에서는 희미한 빛들이 유영하고 있었다. 아주 천천히, 느긋하게. 산들바람에 흩날리는 나뭇잎처럼, 촉촉하게 젖은 땅을 뚫고 나오는 여린 새싹처럼, 그러나 해가 지고 달이 뜨는 것처럼 당연하게.

"정말 예뻐요……. 유리병에 특별한 걸 넣으신 건가요?"

"아니에요. 바다에 담긴 생명의 힘이에요."

"네? 생명의 힘이요? 바다가 살아나고 있다는 말씀이세요?"

별산호는 유리병에서 시선을 떼지 못한 채 벌벌 떨면서 테이블 위로 손을 들었다가 내려놨다 반복했다. 목련 또한 유리 속 바다를 환희에 찬 눈으로 보다가 별산호의 손을 잡고 손등을 쓰다듬었다. 아무래도 바다 사람과 육지 사람이 바다를 보고 느끼는 감동의 크기가 다른 건 어쩔 수 없는 것 같았다. 그래도 사랑으로, 사랑하기 때문에, 상대방이 느끼는 기쁨을 함께 나누고 있었다.

"두 분과 여기에서 사는 이들이 한 일은 헛된 게 아니었어요. 모두의 노력을 바다도, 이 별도 알고 있었어요."

마녀의 말을 듣고 별산호가 오색 빛깔 진주 같은 눈물을 뚝뚝 흘렸다. 안도와 기쁨과 행복함이 뒤섞인 눈물이 허공에 퐁퐁 떠올랐다. 그러자 유리병 안에 담긴 검은 바닷물도 방울방울 위로 솟아올랐다. 투명하면서도 오색 빛깔을 흩뿌리는 물방울들과 새까만 물방울들이 가게 안이 우주라도 되는 듯이 돌아다니다가 하나로 합쳐지고 두 방울로, 세 방울로 갈라졌다가 다른 물방울과 합쳐지는 걸 반복했다. 새까만 물방울들이 합쳐지고 나누어지는 걸 반복할수록 점점 투명해지며 사방에 푸른빛을 반사했다. 마치 앞으로 계속 포기하지 않으면 바다도 이렇게 투명해질 것이라고 미리 보여주는 듯이.

투명해진 물방울들은 줄을 지어 유리병 안으로 들어갔다. 유리병 밑바닥에 깔린 까만 모래알갱이들이 물방울과 닿자 금빛 모래가 되어 반짝반짝 빛이 나고,

푸른빛을 뿌리던 물방울들은 푸른색을 머금고 찰랑거렸다. 어느새 유리병 안에는 햇볕이 쨍쨍 내리쬐는 무더운 날에 아름답게 빛나는 바다가 가득했다.

물살이 이쪽에서 저쪽으로 밀려나며 유리 벽에 하얀색 파도가 솟구쳤다. 귀를 기울이면 쏴아아, 하며 바다가 노래하는 소리가 들렸다. 마녀와 별산호와 목련과 진돌이는 머리를 맞대고 유리병 속을 가만히 들여다보았다. 지켜보고 있노라면 아주 작은 빛이 퐁퐁 수면 위로 떠올랐다가 다시 바닷속으로 들어가는 게 보였다. 아주 오래전에 사라진 돌고래가 신나게 점프를 하는 것 같은 모습에 별산호는 울면서 웃고 말았다.

"선물로 드릴게요."

"정말요? 정말, 정말 이걸 받아도 될까요?"

"그럼요. 물론이죠."

"저희가 관리를 못해서 다시 검게 변하면 어쩌죠? 신의 사자님께 연락할 방법이 있나요?"

"이건, 음, 일종의 하바리움이에요. 이 행성의 과거와 현재와 미래의 바다가 합쳐진 모습이죠. 바다를 살리고 싶다는 사람들의 의지와 살고 싶다는 바다의 의지가 합쳐져서 만들어진 거랍니다. 저도 하바리움이 만들어진 건 아주 오랜만에 봐요. 포기하고 좌절하고 싶지만, 굴하지 않고 바다를 정화하려 끊임없이 노력한 게 바다와 행성에 힘이 된 것 같아요. 그러니까 손님들이 바다를 되살리는 걸 포기하지 않는 이상 하바리움은 유지될 거예요."

두 손으로 잡으면 쏙 들어올 크기의 유리병 안에는 거대한 바다가 들어 있었다. 별산호는 마녀에게 건네받은 유리병을 소중히 들고 허리를 깊숙이 숙여 인사한 뒤, 유리병만 쳐다보며 가게를 나섰다. 목련도 별산호를 따라 마녀에게 감사 인사를 한 뒤, 유리병만 바라보는 별산호가 못 말리게 귀엽다는 듯 웃고는 앞을 보고 걸으라며 잔소리하는 대신 팔짱을 끼고 별산호가 안전하게 걸을 수 있도록 바닥이 고른 길로만 발을 옮겼다.

마녀는 초록색 세상으로 걸어가는 두 사람의 뒷모습을 바라보다가 다정한 햇살도, 이파리들이 부딪치며 내는 소리도, 산뜻하게 코끝에 달라붙는 꽃향기도 다 좋아서 차를 마시는 시간을 앞당기기로 했다.

손님맞이용 의자와 테이블을 없애고, 티타임용 소파와 테이블을 만들어냈다. 진돌이는 익숙하게 노란색 소파 위에 올라가 엉덩이를 붙이고 앉았다. 마녀는 접시 위에 진돌이의 간식을 만들어 진돌이 앞에 내려놓고, 찻주전자와 잔, 차를 만들어냈다. 진돌이는 침을 뚝뚝 떨어뜨리면서도 제일 좋아하는 간식을 먹지 않고 기다렸다. 마녀는 웃으면서 틴케이스 뚜껑을 열어 진돌이 앞에 댔다. 진돌이는 진지하게 코를 킁킁거리더니 실망한 채 간식을 와앙 물었다. 그래도 맛있는 걸 먹고 금방 기분이 좋아졌는지 꼬리를 힘차게 흔들었다.

"다음엔 찾을 수 있을 거야."

주전자에 찻잎을 넣고 모래시계를 돌리자 금빛 모래알이 사르락 떨어졌다. 이렇게 시간은 흐르고, 사랑도 흐르니 이 행성도 머지않아 싱그러운 모습을 되찾을 것이다. 눈을 감자 새파란 바다 앞 금빛 모래사장에서 햇살을 즐기며 누군가를 기다리는 자신의 모습이 보였다. 눈을 뜨니 진돌이가 더 달라고 코로 접시를 톡톡 건들고 있었다. 마녀가 아직 많이 남은 모래를 확인하고 손가락으로 가리키자, 진돌이도 아차 싶었는지 다시 몸을 우뚝 세우고 마녀의 차가 완성되기를 기다렸다. 혼자 먹는 것보다 같이 먹는 게 훨씬 즐거우니까 말이다.

사랑이 가득한, 새까만 밤의 향

지금까지 마녀는 진돌이의 할머니가 마셨던 차를 찾기 위해 매일매일 진돌이와 함께 티타임을 가졌다. 진돌이가 있었던 시간대의 행성 좌표를 저장해 두고 그때 그 행성에서 팔던 차들을 모조리 마련해서 마셨고, 어제가 마지막 차였는데도 찾지 못했다. 진돌이도 그 사실을 알고 무척이나 침울해진 상태였다.

진돌이는 할머니를 만날 수 없다는 슬픔과 할머니가 마시던 차의 냄새를 잊어버렸을지도 모른다는 자책감에 빠져 방 한구석에 엎드려 멍하니 있거나 잠만 잤다. 창밖에 좋은 풍경이 펼쳐져 있어도 산책하러 가자고 조르지 않았고, 간식을 달라고 꼬리를 흔들지도 않았다. 사료도 입가에 가져다 대야 먹는 둥 하다가 고개를 돌리고 다리 사이에 올려놓았다. 모든 의욕을 잃어버린 것 같았다. 마녀가 걱정되어 몸을 살펴봤으나 할머니가 좋은 제품으로 신체를 강화한 덕분에 아픈 곳이나 고장 난 곳은 없었다.

"몸을 개조해도 마음이 아픈 건 어쩔 수 없네. 그치?"

마녀는 바닥에 주저앉아 진돌이를 계속 쓰다듬었다. 손바닥으로 느껴지는 부드러운 털과 온기가 선명해서 좋았다. 마녀는 마녀였으나 그렇다고 외로움을 모르는 건 아니었다. 진돌이와 함께 있는 동안 무척 즐거웠다. 가만히 앉아서 책을 보고 있으면 놀아달라고 코로 다리를 콕콕 찌르기도 하고, 복도를 기다랗게 만들어서 공을 던지면 우다다 뛰어서 물어오기도 했으며, 소파에 앉아 일정을 생각하고 있으면 어느새 곁으로 와서 다리에 머리를 대고 누워 있기도 했다. 심심해하는 것 같아 모니터를 만들어 영상을 보여줬더니 이제는 영상을 보고 싶을 때마다 모니터를 만들어달라고 벽을 박박 긁어서 모니터가 있는 방을 따로 마련해 두기도 했다.

진돌이가 들어갈 수 있는 방에는 밀어서 들어갈 수 있도록 진돌이용 문을 설치해서 자유롭게 출입하게 했다. 그래서 언제든지 방을 만들고 삭제할 수 있는데도, 동영상 시청 방과 놀이방, 침실의 위치를 고정해 두었다. 다른 행성에 갈 때마다 색다른 간식과 사료와 장난감을 사고, 밖으로 산책하러 나가지 못하면 복도를 길게 늘여서 같이 뛰고, 악몽을 꾼 뒤 무섭다며 낑낑거리는 진돌이를 달래며 잠이 들다 보니 어느새 한 방에서 잠을 자게 되었다.

어쩌면 언제까지나 이렇게 지낼 수 있지 않을까 생각했지만, 진돌이의 마음속에는 할머니에 대한 사랑이 가득했다. 공간을 아무리 좋게 꾸며도, 진돌이를 위해 매장 한쪽에 자리까지 마련해 주어도 소용없는 것 같았다. 촉촉하게 젖은 눈가의 털을 닦아주고 진돌이를 끌어안았다.

"진돌아. 내가 꼭 찾아줄게. 할머니는 아직 별이 되지 않았으니까, 시간이 남았다고. 그러니까 밥 좀 먹자, 응?"

진돌이가 밥을 먹도록 어르고 달래는 중이었다. 문이 열리는 소리도 나지 않았는데 매장 안으로 손님이 들어왔다. 마녀는 진돌이를 쓰다듬고는 자리에서 일어나 손님을 맞이했다.

"안녕하세요. 우주를 가로지르는 은하향초입니다.

멋지고 귀여운 손님이 왔네요. 도움이 필요한가요?"

왈왈!

손님은 마녀에게 다가왔다. 마녀가 쪼그리자마자 바로 몸을 부딪혀와 주저앉고 말았다. 손님이 워낙 커서 얼핏 보면 잡아먹으려고 하는 모양새였다. 그 모습을 보던 진돌이가 바로 일어나 마녀 옆에 서서 이를 드러내며 으르렁거렸다. 진돌이와 마녀보다 훨씬 커다란 손님이 바로 꼬리를 말고 낑낑거렸다. 진돌이는 그걸 보고 눈앞의 손님이 아기라는 걸 알아차렸는지 으르렁거리는 건 멈췄지만 매서운 눈으로 지켜봤다. 손님은 바로 바닥에 납작 엎드린 채 올망졸망한 눈으로 마녀를 올려다봤다.

"진돌아, 고마워. 이제 괜찮아."

마녀는 손을 뻗어 손님의 머리를 쓰다듬었다. 진돌이와는 다르게 아주 복슬복슬한 털이 만져졌다. 겁을 먹었던 손님은 마녀의 손길이 마음에 들었는지 헥헥대며 바로 몸을 뒤집어 배를 보여줬다.

"손님은 이름이 어떻게 될까요? 노이체? 아, 털이 까매서 주인이 붙여준 이름이라고요? 이곳에서 밤이라는 뜻이 있군요. 확실히 털이 밤처럼 까맣고 예뻐요."

마녀는 두 손으로 커다란 노이체를 열심히 쓰다듬었다. 노이체는 너무 크고 마녀의 손은 작아서 쓰다듬는 느낌이 드는지부터가 궁금했고, 이리저리 쓰다듬는 게 전신운동을 하는 것 같았지만, 노이체는 그것도 마음에 드는지 헥헥거리며 웃었다. 그러자 진돌이가 질투를 하는지 노이체 옆에 누워서 배를 보여줬다. 마녀는 한 손은 진돌이, 한 손은 노이체 위에 올려놓고 손가락을 세워 복복 긁어주기도 하고 손바닥 전체로 부드럽게 쓰다듬기도 했다. 한참 동안 쓰다듬을 받고 만족했는지 이제는 진돌이와 노이체가 서로의 꼬리를 물려고 빙글빙글 돌기도 하고, 서로가 술래가 되어 상대를 잡으려고 뛰었다. 넓지 않은 매장인데도 어찌나 잘 뛰어노는지, 마녀는 말리는 대신 진열대를 단단하게 고정했다.

진돌이가 몸집이 작은 건 아닌데 노이체는 진돌이보다 두 배 정도 더 컸다. 꼬리를 흔들며 여기저기 부딪히는 걸 보니, 마녀가 모든 걸 고정하지 않았더라면 가게 안이 엉망이 됐을 게 분명했다. 진돌이는 할머니와 함께 있던 개라 얌전하고 의젓하더니, 덩치만 컸지 아기 같은 노이체를 만나자 신나서 폴짝폴짝 뛰어다녔다. 마녀는 턱을 괴고 진돌이와 노이체가 노는 걸 지켜봤다.

한참을 놀다가 목이 마른지 진돌이가 찹찹 소리를 내며 물을 마시고 아그작 소리를 내며 사료를 먹었다. 노이체는 마녀의 옆에 딱 붙어 웃을 뿐이었다.

노이체를 위해 벽에 등을 기대고 바닥에 앉았다. 노이체가 마녀의 오른쪽 다리에 머리를 댔다. 올려놓고 싶었지만 본인이 큰 걸 아는 눈치였다. 그러나 닿아 있다는 것만으로도 좋은지 머리를 슬금슬금 비비며 작게 짖었다. 그러자 진돌이가 바로 달려와서 왼쪽 다리에 머리를 올려놨다. 까만 개와 흰 개가 사이좋게 누워 있으니 낮과 밤 같기도 했고 크림단팥빵 같기도 했다. 이 근처에 빵집이 있으면 사 먹어야겠다는 생각을 하며 양손을 진돌이와 노이체의 머리에 올려놓고 쓰다듬기 시작했다.

"노이체는 어떤 도움이 필요할까요?"

그러자 노이체가 옹알거렸다. 진돌이도 노이체의 말을 듣기 위해 집중한 상태였다. 생각해 보니 매장 안에 진돌이와 비슷한 존재가 들어온 게 처음이었다. 친구가 생긴 것 같아 다행이었다.

"누나가 이쪽으로 걸어오는 중이군요. 지나가는 걸 보고 여기로 들어오게 불러달라고요?"

까만 눈동자가 별처럼 반짝거렸다. 당신이라면 뭐든지 할 수 있을 거라는 굳건한 믿음이었다. 그러나 몇 번이고 말하지만 마녀는 신이 아니었다. 그저 우주의 섭리 속에서 마법을 이용해 기적을 일으키는 존재일 뿐이었다.

"미안해요. 손님이 스스로 들어올 수는 있지만, 내가 부를 수는 없어요. 그게 이 향초 가게의 법칙이랍니다."

그러자 노이체가 끼우웅 하며 구슬프게 울었다. 노이체가 울자 진돌이도 따라 울었다. 왜 아기를 울리냐는 매서운 눈빛에 마녀는 난처해졌다.

"그럼 누나를 만나게 향초를 만들어달라고요? 살아 있는 존재를 만나기 위해 향초를 만들 수는 없어요."

"멍멍!"

"그래도 안 되는 건 안 되는 거예요. 나도 어쩔 수가 없는걸요."

노이체가 계속 끼융끼융 울자 진돌이가 아예 일어나 자리를 옮겨 노이체 옆에 누웠다. 노이체가 몸을 돌려 진돌이를 끌어안았다. 하얀 털이 아니었으면 진돌이가 노이체의 품에 있는지 알 수도 없었을 것이다. 두 개는 가족처럼 서로를 끌어안고 눈빛으로 대화를 나누고 있었다. 분명 마녀를 탓하고 있을 것이다. 그런데 정말 안 되는 건 안 되는 거라고. 이번에는 숨기지 않고 한숨을 내쉬었다.

때마침 문이 열리며 종소리와 함께 거세게 내리는 빗소리가 매장 안으로 들어왔다. 머리부터 발끝까지 푹 젖은 손님이 차마 매장 안으로 들어오지 못한 채 문 앞에 달린 차양 아래서 우물쭈물하고 있었다.

"안녕하세요. 우주를 가로지르는 은하향초입니다."

"안녕하세요!"

손님은 들어오지 못하고 우물쭈물한 것과 달리 밝고 환하게 인사했다. 노이체는 손님을 보자마자 벌떡 일어나서 멍멍거리며 폴짝폴짝 뛰었다. 진돌이는 노이체에게 밟히지 않기 위해 멀리 떨어진 채였다. 아무래도 노이체가 말한 누나가 눈앞의 손님인 것 같았다. 매장을 발견하도록 부를 수는 없었는데, 노이체의 마음이 닿았는지 손님 스스로 매장을 찾아온 것이다. 정말 다행이었다.

"들어오셔도 괜찮아요."

"앗! 아니에요. 너무 쫄딱 젖어서……. 우산을 챙기는 걸 깜빡한 거 있죠. 혹시 여기서라도 구경해도 될까요? 폐가 아니라면요!"

"여기, 수건이요. 닦고 들어오세요."

"정말 감사합니다!"

손님은 제일 물이 많이 떨어지는 머리카락부터 물기를 제거하고 몸 전체를 수건으로 닦았다. 얇은 옷이라 금방 마를 것 같았다. 물기를 잔뜩 머금은 수건을 들고 어쩔 줄 몰라 하는 손님에게서 수건을 건네받고 계산대 위에 올려놨다.

"편하게 둘러보세요."

"감사해요, 헤헤."

손님은 매장을 살피다가 진돌이를 발견했다.

"와, 노이체랑 엄청 닮은 아이다! 사장님이 키우시는 개예요? 인사해도 돼요?"

"그럼요."

진돌이가 먼저 손님에게 다가갔다. 낯선 사람이라서 조금 경계하는 것 같았는데, 노이체의 누나라는 걸 알고 용기를 낸 듯했다. 노이체는 어느새 손님 곁에 착 붙어서 꼬리를 격렬하게 흔들고 있었다.

"이름은 진돌이에요."

손님은 진돌이가 놀라거나 겁먹지 않도록 몸을 천천히 숙여 아예 바닥에 엉덩이를 대고 앉았다. 진돌이는 코를 킁킁거리면서 손님의 주위를 맴돌다가, 노이

체가 작게 짖자 따라서 멍멍 짖고는 손님의 손등을 핥
았다. 손님은 진돌이를 보며 웃었다.

"안녕. 만나서 반가워, 진돌아. 나는 리토야."

몸집과 색만 다르지 진돌이와 노이체의 생김새는
비슷했다. 어쩌면 진돌이와 노이체의 뿌리가 같을 수
도 있었다. 우주 속에 있는 별이 터지면서 일부는 진돌
이가 태어난 곳으로, 일부는 노이체가 태어난 이곳으
로 와서 각각 진돌이와 노이체가 된 걸 수도 있다. 그
게 아니더라도 드넓은 우주에 있는 행성 중에는 서로
닿을 수 없는 거리에 있으면서도 유사한 모습을 가진
경우가 많이 있었다. 그래도 노이체에게는 개조의 흔
적이 없었다. 겉모습만 비슷하지 과학기술의 발전 정
도나 문화 등이 다른 것 같았다. 할머니가 진돌이의 외
골격을 눈에 띄게 바꾸지 않아서 노이체와 더 쉽게 친
해지고, 리토와도 인사할 수 있어서 다행이기도 했다.

생각해 보니 진돌이와 노이체를 신경 쓰느라 여기
가 어디인지도 조금 전에 확인했다. 실제 풍경은 어떤
지, 리토와 진돌이가 인사하는 동안 창밖을 바라봤다.
리토가 들어왔을 때보다 빗줄기가 가늘어진 것 같았
지만 여전히 세차게 내리고 있었다. 바람은 불지 않는
지 바닥을 향해 시원하게 내리꽂혔다. 맞은편에 있는

카페에서 사람들이 음료를 마시고 있는 게 보였다.

비가 이렇게 내리는데도 돌아다니는 사람들이 많았다. 물웅덩이를 밟으며 깔깔 웃고 있는 아이와 그런 아이를 재촉하지 않고 넘어질까 봐 손을 잡고 있는 보호자, 우산도 없이 비를 맞으며 달려가는 남자아이들, 노란 우비를 맞춰 입고 산책하는 강아지와 보호자 등이 있었다. 남자아이들이 물웅덩이에서 한 발씩 첨벙거리고 있는 아이를 발견하고 같이 첨벙첨벙 발을 구르자 아이가 좋다고 박수를 짝짝 쳤다. 시원하게 내리는 비처럼 즐거워 보이는 광경이었다. 몇몇 사람들이 걷다가 멈춰 서서 향초 가게 안을 살펴봤다. 눈이 마주쳐서 살짝 웃자 창문 밖의 사람도 환하게 웃으며 인사를 되돌려주고 다시 길을 걸었다.

지나가는 사람과 부딪혀도 화내지 않고, 아이와 함께 놀 줄 알며, 마음껏 뛰어다닐 수 있는 평화롭고 다정한 곳이었다. 뒤를 돌아보니 어느새 리토는 두 손으로 진돌이를 쓰다듬고 있었다. 털이 난 결을 따라 쓰다듬다가 털이 서도록 반대로 쓰다듬자 진돌이가 이를 살짝 드러냈다. 리토는 겁먹지 않고 장난쳐서 미안하다고 사과를 한 뒤 다시 제대로 쓰다듬었다.

"우리 노이체보다 성격이 있네. 몸은 더 작은데 말이

지. 그래도 예뻐, 완전 착해! 귀여워! 세상에서 두 번째로 멋진 개가 여기 있네!"

정말 세상에서 이렇게 호들갑을 떠는 사람이 또 있을까 싶을 정도로 머리와 턱 아래를 쓰다듬고 볼을 쓰다듬고 엉덩이를 두드리며 예뻐해 줬다. 그러면서 손동작이 큰 척, 과장되게 팔을 들어 흔드는 척하다가 진돌이를 쓰다듬었다. 노이체는 그런 리토의 손동작에 맞춰 열심히 머리를 들이밀었다. 진돌이는 귀찮지만 노이체가 좋아하는 걸 보고 참아주는 듯했다.

"다른 것도 할 줄 아나 볼까? 손!"

리토가 손을 내밀자 노이체가 앞발을 착 올렸다. 진돌이가 노이체를 힐끗 보고 망설이다가 앞발을 올렸다. 그 모습을 보고 진돌이가 노이체를 알아보는 게 아닐까 싶었는지, 리토가 고개를 갸웃거렸다.

"우와, 대단하다. 이번에는 반대 손!"

노이체는 이번에도 리토의 말이 끝나기도 전에 다른 앞발을 올렸다. 진돌이는 아까보다 더 뜸을 들이며 노이체를 보다가 다른 앞발을 리토의 손 위에 올려놨다. 진돌이가 노이체를 보고 있다는 확신이 들었는지, 리토의 얼굴이 환해졌다. 아까보다 더 목소리도 높이고 동작도 크게 하며 칭찬을 하며 진돌이와 노이체를 쓰다듬었다.

할머니가 있을 때는 할머니하고만 놀았고, 마녀와
있게 된 뒤로는 마녀만 따랐는데 노이체 때문인지 리
토의 말을 들어주는 진돌이가 기특했다. 마녀가 노이
체를 쓰다듬을 때는 진돌이가 질투를 했는데, 리토가
진돌이를 예뻐해도 노이체는 아까와는 달리 의젓하게
리토 옆을 지켰다.

그러나 자신을 쓰다듬으면서 노이체도 쓰다듬는 걸
알아서 리토가 충분히 만족할 때까지 가만히 있으려
고 했지만, 도저히 참을 수 없는지 결국 벽에 붙어 있
는 방석으로 가고 말았다. 리토는 아쉬워하면서도 진
돌이에게 다가가지 않았다. 노이체는 진돌이의 노력
이 고마운지 진돌이 옆에 가서 치댔다.

"진돌이가 참 착하네요. 귀찮아하면서도 가만히 있
어주고……. 저희 집 개는 낯선 사람이 와도 아주 그
냥 꼬리치고 폴짝폴짝 뛰고 난리가 났거든요. 엄마가
노이체를 보고 도둑이 들어도 반길 거라는 말씀까지
했었어요. 뭐, 덩치가 워낙 커서 도둑을 그렇게 반기
다가 깔아뭉개 잡을 것 같긴 하지만요."

노이체는 자기 이름을 듣고 꼬리를 세차게 흔들면
서 폴짝폴짝 뛰고 빙글빙글 돌고 멍멍 짖었다. 진돌이

는 육아에 지친 것처럼 넋이 나간 표정이었다. 그동안 몰랐던 진돌이의 모습을 알게 되어 마녀는 애써 웃음을 참았다.

"낯선 사람의 손길을 받아들이는 아이가 아닌데, 손님이 개를 키우는 걸 알고 친근함을 느꼈나 봐요."

"그런 걸까요? 아직도 제게서 노이체 냄새가 나는 걸까요? 그런 거면 정말 좋겠어요."

울음을 참으려 안간힘을 썼지만 목소리는 잔뜩 떨리고 있었다. 리토가 우는 걸 알고 노이체가 끼잉끼잉 따라 울었다. 리토는 눈물을 참으려고 고개를 천장으로 들었으나, 결국 눈물이 흐르고 말았다. 마녀는 리토 주변을 안절부절못하며 돌아다니는 노이체를 보다가 리토와 눈이 마주쳤다.

"저…… 노이체가 보이시죠?"

"네?"

"노이체가 보이시는 거 맞죠? 그렇죠? 제발 솔직히 말해주세요. 요정의 장난에 휘말린 게 아니라, 제가 너무 슬퍼서 이상해진 게 아니라 진짜 노이체가 존재하는 거죠?"

리토는 눈물을 닦을 생각도 못 한 채 마녀의 손을 붙잡고 고개를 숙였다. 잡은 손이 파르르 떨렸다. 애처

롭고 안쓰러운 모습에 마녀는 어떻게 해야 할지 고민
했다. 아무리 기다려도 마녀가 말하지 않자 리토는 그
자리에 주저앉아 노이체를 불렀다. 노이체가 있다는
것만 느낄 뿐 보이지는 않는지 허공을 휘적거리자 노
이체가 리토의 손에 머리를 들이밀었다. 리토에게 매
달리려고 앞발을 들어도 닿기는커녕 통과했지만, 그
래도 좋은지 노이체는 꼬리를 흔들며 리토 옆에서 폴
짝폴짝 뛰었다.

이대로라면 리토가 울다가 탈진할 것 같아서 마녀
는 의자를 만들어내 앉혔다. 손수건으로 눈물을 닦아
준 다음 테이블에 있는 시원한 물을 권한 뒤 맞은편
자리에 앉았다. 리토는 손수건을 꽉 붙잡고 마녀만을
바라봤지만, 물을 마시지 않으면 말하지 않을 것처럼
가만히 지켜보는 바람에 컵에 있는 물을 단숨에 다 마
셨다.

"맞아요. 저는 노이체가 보여요. 진돌이를 많이 닮
아서 놀랐어요. 노이체의 까만 털이 어찌나 윤이 나는
지, 저절로 손이 갔답니다. 씩씩하고 밝은 노이체 덕
분에 진돌이도 신나게 뛰어놀았어요. 지치지도 않는
지 노이체는 지금도 여기를 이리저리 뛰어다니네요."

"노이체! 여기 있니? 아니면 이쪽에 있어? 그동안

누나 옆에 있던 거 맞지? 보이진 않아도 누나는 알았어. 노이가 누나 지켜준 거, 맞지?"

손님이 오른쪽 왼쪽을 번갈아 가며 휘적거리자 술래잡기를 하는 줄 알았는지 노이체가 리토의 손길을 피해 몸을 이리저리 돌렸다. 그러다가 리토와 노이체가 닿았지만 진짜 닿은 건 아니었다. 리토는 눈물을 줄줄 흘리면서 계속 손을 휘젓다가, 다리를 양옆으로 벌리고 두 팔을 벌렸다.

"노이체, 이리 와!"

그러자 노이체가 얼른 달려와서 리토의 품 안에서 멈췄다. 리토는 노이체가 보이지 않으면서도 노이체의 크기에 맞게 팔을 감싸안았다. 노이체가 워낙 큰 탓에 양팔로 다 감싸안을 수 없어 어정쩡한 모양새였지만, 마녀의 눈에는 노이체가 리토의 팔 안에 쏙 들어간 게 보였다. 평소에 얼마나 끌어안았으면 저렇게 딱 맞을까 싶을 정도였다. 리토는 허공에 팔을 띄우고 노이체를 쓰다듬는 흉내를 냈다. 제일 동그란 정수리에 손을 얹고 부드럽게 쓸어내리는 모습은 아주 다정하고 평화롭게 보였다.

"노이체가 제 품 안에 있죠?"

"네. 아주 기분 좋은 표정을 짓고 있어요."

왈왈!

노이체의 꼬리가 바닥을 빗자루처럼 쓸고 있어도 리토는 모를 터였다. 진돌이가 어느새 마녀 곁에 딱 붙어서 마녀의 다리에 머리를 기댄 채 노이체와 리토를 지켜봤다. 리토는 한참을 그렇게 있다가 의자에 앉아 마녀를 마주 봤다.

"여기서 향초를 만들어주시죠?"

보고 싶고, 만나고 싶은 죽은 존재가 있는 손님은 은하향초에서 어떤 향초를 만들 수 있는지 자연스럽게 알게 된다. 그건 리토도 마찬가지였다.

"어떻게 하면 돼요? 뭐가 필요해요?"

그러나 노이체는 우주로 가지 않고 여기 남았다. 노이체가 리토를, 리토가 노이체를 너무 사랑해서 그런 것이다. 충성심이나 애정이 아주 깊은 관계에서 드물게 생기는 일이었다. 너무너무 사랑했기 때문에, 사랑하는 이의 슬픔이 사라질 때까지 남아 있다가 우주로 가지 못한 이들.

"우주에서 씨앗이 자라 별이 되었을 때 향초를 통해 만나러 갈 수 있어요. 그 향초를 만들기 위해서는 먼저 떠난 이가 소중히 여기던 물건이 필요해요."

"저, 다 준비해 올 수 있어요. 노이체 물건 하나도 버리지 않았어요. 노이체가 제일 좋아하던 장난감도, 애착 인형도, 완전 아기일 때 입었던 옷도, 사진도 다 있어요. 뭘 가져올까요? 다 가져올까요? 다 가져올 테니까 사장님께서 골라주세요!"

"리토 님. 안타깝지만 노이체를 만나기 위한 향초는 못 만들어요."

"왜…… 요? 어째서요? 노이체가 동물이라서요? 영혼이 있으면 우주의 별이 될 수 있는 거 아니에요? 아, 비 오는 날에는 향초를 만들 수 없나요? 맑은 날 다시 올까요? 그런데 요새 장마철이라 계속 비가 온다는데 오래 기다려야 하나요?"

리토는 낮은 자세로, 어떻게든 마녀의 마음을 돌리겠다는 마음으로, 몸을 낮추고 애원하고 눈물을 참으며 빌듯이 말했다.

"노이체가 별이 되기 위한 여행을 떠났으면 향초를 만들 수 있었을 거예요. 그런데 노이체가 손님을 너무 사랑한 나머지 손님 곁에 남았잖아요. 향초는 우주의 별을 만나기 위한 통로라서, 우주로 가지 못한 이는 만날 수가 없어요."

"저 때문이에요? 제가 너무 슬퍼해서 노이체가 못 간 거죠? 그렇죠? 노이체가 별이 되지 못하면 어떻게 되는 거예요? 큰일 나요? 노이체한테 안 좋은 일 생기나요? 어떡해, 나 때문이야. 내가 너무 바보 같아서 네가 못 간 거야? 노이체, 미안해, 정말 미안해……."

리토가 다시 눈물을 뚝뚝 흘리자, 노이체가 안절부절못했다. 진돌이는 마녀가 나빴다는 듯 앞발로 마녀의 다리를 콩콩 때렸다. 마녀는 진돌이를 쓰다듬으며 말했다.

"진돌이는 향초의 향을 찾는 중이에요. 우주로 먼저 떠난 할머니가 가장 좋아하던 차의 향이 떠오르지 않아 매일매일 차를 마셨죠."

"진돌이도요……?"

"네. 아직 그 차를 찾지 못했지만 아주 의젓하게 할머니가 별이 되길 기다리는 중이죠. 그래서 자신과 닮은, 그러나 반대되는 상황에 처한 노이체가 더 신경 쓰였나 봐요. 이렇게 때리기까지 하다니 말이에요."

진돌이는 마녀의 말이 끝나자 촉촉한 코로 마녀의 손등을 눌렀다. 때린 게 아니라 그저 말렸을 뿐이라는 듯 말이다.

"노이체는 우주로 가지 않았기 때문에 방법이 없어요."

"그럼 노이체를 우주로 보내면 되는 거죠? 어, 어떻

게 보내요?"

"노이체는…… 이제 별이 될 수 없어요. 우주로 가면 다른 별의 재료나 우주의 먼지가 되겠죠."

말이 끝나자 진돌이는 아프지 않게 마녀의 손을 깨물고, 노이체는 낑낑거리며 울고, 리토는 오열을 했다. 노이체가 누구를 닮아 잘 우나 했더니 리토를 닮았나 보다. 마녀는 이 행성에 사는 존재에게 무해한 성분을 검색하고 알맞은 향초를 선택해 소환했다. 새싹 같은 연한 녹색 향초에 불을 붙이자 비 내린 숲에 온 듯한 향이 흘러나왔다. 리토가 숨을 들이마시고 내쉬면서 점점 진정하자, 리토를 따라 노이체도 진정하고, 진돌이는 향초에서 흘러나오는 연기를 잡으려는 듯 앞발을 휘적거렸다.

"진돌아, 위험하니까 향초 가까이에서 그러지 마."

향초와 그렇게 가깝지 않은데도 보기가 불안한지, 리토가 진돌이를 말리며 끌어안았다. 실체가 느껴지는 따뜻함과 노이체와 다른 체격을 끌어안는 감각이 이상한지 몇 번이고 팔에 힘을 풀었다가 꼭 안는 걸 반복했다. 그러자 이번에는 노이체가 질투심을 보이며 리토 앞을 얼쩡거렸으나 리토는 노이체가 보이지 않아 진돌이만 끌어안을 뿐이었다. 진돌이가 슬퍼하는 노이체를 보고 품에서 나오지 않았다면 노이체는 계속 울었을 것이다.

그러나 노이체를 닮았으며 따뜻한 온기를 가진 진돌이가 빠져나가자 리토는 노이체가 사라진 것처럼 울었다. 영혼이 빠져나간 사람처럼 울었다. 소리 없이 울어서 더 시끄러웠다. 낑낑거리던 노이체가 조용히, 의젓하게 리토 옆을 지켰다. 익숙한 모양새였다. 이때만큼은 리토에게 닿으려고 애를 쓰지 않았다. 이미 해볼 만큼 해봐서 닿지 않을 것이라는 체념과 그럼에도 리토를 지켜주고 싶다는 다정함이 뒤섞여서, 어린 노이체가 쑥 자란 것처럼 보였다.

묵묵히 리토 곁을 지키는 노이체가 안쓰럽고, 어떻게 좀 해보라며 마녀에게 치대는 진돌이를 보니 난감할 따름이었다.

"리토 님, 그만 우세요. 이러다 큰일 나겠어요. 진돌아, 너도 그만 밀어. 이러다가 의자에서 떨어지겠어. 하아……. 이번만 특별히 말씀드릴게요. 리토 님이 죽어서 우주로 갈 때 노이체와의 인연을 묶으면 같이 갈 수 있어요. 하지만 한번 연결하면 이제 리토 님은 노이체의 존재를 느낄 수도 없고요. 게다가 리토 님이 죽었을 때 리토 님이 별이 될 수 있을지 없을지도 확신할 수 없어요. 리토 님 혼자서는 안전하게 우주로 갈 수 있지만, 둘이 되면 위험하거든요. 정해진 위치로 가지 못하고 가는 중간에 영혼이 흩어져 우주의 먼지가 되어 떠다닐 수 있어요."

"노이체를 저에게 엮지 않는다면 어떻게 돼요?"

"어느 순간 자연스럽게 사라질 거예요."

"노이랑 엮었는데 우주로 가는 도중에 흩어지면요?"

"마찬가지로 우주를 떠도는 먼지나 다른 별의 재료가 될 거예요."

"제가 별이 되지 않는 건 상관없어요. 그런데 저 때문에 노이까지 별이 될 수 없다는 건…… 무서워요. 아주 많이……."

"우주에 가면 별의 씨앗이 되든, 재료가 되든, 먼지가 되든, 결국 또 다른 별이 되고, 그 안의 생명이 되고, 다시 우주로 갔다가 흩어졌다가 모이거든요. 우주로 나가거나 별에서 살고 있거나, 우리는 모두 우주 안에 있답니다. 그러니까 별이 되지 않는다는 게 그렇게 큰일은 아니니 너무 걱정하지 마세요.

리토 님이 은하향초에 온 것 자체가 아주 특별한 일이에요. 제가 진돌이와 함께 있지 않았다면 리토 님은 손님과 노이체의 인연을 엮을 수 있다는 것도 듣지 못

한 채 돌아갔을 거예요. 향초 가게에 대한 기억은 모두 잊은 채로요. 그래요, 어쩌면 이 또한 자연스럽게 흘러가는 우주의 순리일지도요. 그러니까 리토 님은 과거와 현재와 미래를 차근차근 둘러보고 고민하고 이어보세요.

선택은 리토 님의 몫이에요. 이대로 계속 노이체의 영혼을 느끼며 함께 지내거나, 불확실한 희망에 기대어 나중에 우주에서 하나의 별이 되어 만나기를 바라며 인연을 묶거나."

리토는 노이체가 있는 곳을 향해 고개를 돌린 뒤 한참을 생각했다. 노이체는 리토가 어떤 선택을 해도 좋다는 듯 꼬리를 살랑거릴 뿐이었다.

"지금 당장 선택하지 않아도 괜찮아요. 충분히 생각하세요."

"사장님, 정말 감사해요. 집에 가서 노이 생각 많이 할게요. 정말 열심히 생각해 볼게요."

리토는 씩씩하게 눈물을 닦고, 환하게 웃으며, 정중하게 인사를 한 뒤 가게를 나섰다. 노이체는 마녀와 진돌이에게 인사하고는 꼬리를 신나게 흔들며 리토를 따라갔다.

어떤 선택을 하든 행복하기를.

정성이 담긴 수정과 향

할머니는 날이 추워지면 무언가를 직접 만들었다. 아궁이에 불을 붙여 커다란 가마솥 한가득 물을 붓고 팔팔 끓인 다음에 각종 과일과 나무를 넣고 또 팔팔 끓였다. 신체를 인공장기나 기계로 대체할 수 있도록 과학기술이 발전한 곳에서 할머니는 가스 불도 인덕 션도 아닌 장작으로 불을 붙였다. 평소에 뭔가를 요리 할 때는 최신식 부엌에서 기계 팔의 도움을 받아 요리 했으면서, 그 차를 만들 때는 꼭 마당에 나가 낑낑거 리며 가마솥을 씻고 수도꼭지에서 나온 물이 아니라 숲속에서 흐르는 계곡물을 떠와 물을 채웠다. 물맛이 차 맛을 좌우한다면서.

할머니는 쭈글쭈글 이상한 걸 정성스럽게 닦고 진

돌이에게도 한 입 물려주고 할머니도 한 입 먹기도 하면서 재료를 손질했다. 신선하고 맛있는 과일을 종류별로 많이 맛볼 수 있어서 그날이 기다려지기도 했다. 그날도 그랬다. 할머니는 계곡에 몇 번이고 다녀와 가마솥을 가득 채우고 과일과 나뭇가지를 넣고 팔팔 끓이면서 햇볕을 즐겼다. 한번은 진돌이가 숲에서 정말 물기 딱 좋은 나뭇가지를 가져와 넣으려고 했더니 할머니가 이놈! 했다. 그러다가 할머니를 돕기 위해 그랬다는 걸 알고 쓰다듬어줬었다. 연기 흡입기 때문에 눈이 맵지 않아서 그것이 팔팔 끓는 동안 마당과 숲을 뛰어다니며 시간을 보냈다. 맞아. 그랬다. 진돌이는 이제야 기억이 났다. 그건 시중에 파는 차가 아니었다. 할머니가 직접 만든 음료라서 찾을 수가 없던 것이다!

꿈에서 할머니와 함께 차를 만들던 진돌이가 벌떡 일어났다. 할머니를 만나러 갈 수 있도록 얼른 향초를 만들고 싶었다. 할머니가 제일 좋아하는 음료의 향이 나는 향초. 이걸 찾기 위해 얼마나 오랜 시간이 걸렸는지 모르겠다. 할머니 덕분에 수명이 길어졌다고는 해도, 개의 시간은 인간의 시간보다는 짧았으니까. 얼른 마녀에게 알려주기 위해 침대 위를 살펴봤는데 마녀가 없었다. 진돌이는 의아함을 느끼고 고개를 갸웃거리면서 방을 살펴봤다. 여기는 마녀의 방이 맞는데?
주룩주룩 내리는 빗소리를 들으며 방 밖으로 나갔다.

처음에는 진돌이만의 방에서 혼자 잤는데 악몽을
꾸며 밤새 시달렸다. 마녀가 푹 잘 수 있게 하는 향초
를 피워준 뒤로 악몽을 꾸지 않고 푹 자긴 했지만 그
냥 뭔가 불안하고 초조했다. 어떨 때는 할머니를 만나
기 전처럼 예민하고 공격적인 상태가 되어서 마녀를
깨물기도 했다. 보다 못 한 마녀가 자신의 방 한쪽에
진돌이의 잠자리를 마련해 주었다. 가끔은 마녀가 침
대에서 내려와 진돌이 옆에 누워 같이 자거나 진돌이
가 침대 위로 올라가 같이 자기도 했다. 꿈꾸느라 마녀
가 방을 나간 걸 몰랐나?

진돌이는 진돌이 전용 문을 통과해 복도로 나왔다.
이곳은 이상하고 아름다운 곳이었다. 끝이 보이지 않
는 복도가 길게 늘어져 있고, 무수히 많은 문이 벽에
붙어 있었다. 어제 본 위치에 있는 문의 형상이 오늘
보면 달랐고, 내일이면 또 달라질 수 있었다. 그래도
진돌이가 자주 가는 방의 문의 모습과 위치는 고정되
어 있었지만. 마녀가 문을 만들어주지 않은 곳은 진돌
이가 가지 못한다. 마녀가 허락하지 않았기 때문이다.
그래서 우선 자신이 갈 수 있는 방을 돌며 마녀를 찾

기로 했다.

장난감 방에는 없었다. 동그란 공이나, 입에 들어오지 않을 정도로 큰 공이나, 털이 달린 공 등 공의 종류만 해도 엄청 많았다. 다른 행성으로 갈 때마다 마녀가 하나둘 모은 게 이만큼이나 많아졌다. 방방 높이 뛰어오를 수 있는 장난감도 있었고, 허공을 날아다니는 장난감도 있었다. 진돌이는 마녀 덕분에 엄청 많은 장난감이 생겼으나, 제일 좋아하는 장난감은 마녀가 직접 던져주는 노란 공이었다. 어찌나 통통 튀던지 복도 벽에 던지면 벽이고 천장이고 바닥이고 튀어 오르는 통에 헛발질을 한 게 여러 번이었다. 자존심도 상하고 신경질이 난 적도 있지만, 자꾸 놓치는 진돌이의 모습을 보며 마녀가 크게 웃었기에 진돌이도 어느새 노란 공이 제일 좋아졌다. 게다가 입에 물면 쏙 들어와서 크게 벌리지 않아도 되니 입이 아프지 않았다. 이빨로 살짝 물어도 공이 터지지 않았고, 공이 너무 단단해서 이빨이 아프지도 않았다. 마녀라서 그런가, 이렇게 진돌이의 마음에 쏙 드는 장난감을 가져올 줄 몰랐다.

그래도 할머니는 할머니 나름대로 진돌이를 위해 애썼다. 진돌이도 안다. 할머니가 기계를 싫어해서 집 안에는 특별한 기계가 없었다. 허리가 꼬부라져서 바

닥을 보며 걸어 다닐지언정 수술은 하지 않겠다는 굳
건한 의지도 있었다. 그런 걸 진돌이를 위해 꺾은 것
이다. 진돌이랑 오래오래 같이 살려고. 같이 걷고 뛰고
놀려고. 장난감은 하나도 없어도 되니 할머니가 보고
싶었다. 맞아, 할머니가 좋아한 음료의 향! 마녀에게
알려줘야 해!

진돌이는 입에 노란 탱탱볼을 문 채 마녀를 찾아 다
른 방으로 갔다. 이번에는 진돌이의 옷이 가득한 방이
었다. 행성마다 기온이 달라서 어떤 곳은 엄청 건조하
면서 춥고, 어떤 곳은 물속에 있는 것처럼 습한데 덥
기까지 했다. 해가 따갑게 내리쬐는 낮만 있는 곳도 있
었고, 얼음집을 짓고 사는 곳도 있었다. 진돌이가 너
무 더워하면 아이스 조끼를 입히고, 추워하면 따뜻한
옷을 입혔다. 진돌이는 옷 입는 걸 좋아하지는 않지
만, 춥고 더운 게 얼마나 힘든지 아니까 산책하기 전
에 마녀가 입히면 얌전히 입었다. 가게로 돌아오자마
자 바로 벗겨달라고 버둥거리긴 했지만.

여기에는 입어본 적이 없는 옷들도 많을 거다. 진돌
이의 몸은 하나인데 왜 이렇게 많은 옷이 필요한지 모
르겠다. 그래도 옷을 사 모으는 마녀가 기분 좋은 것
같아 아무 소리도 내지 않았다. 옷들을 볼 때마다 마녀

와 함께 했던 일들이 생각나서 좋기도 했고 말이다.

이건 비가 계속 내리는 행성에서 젖지 말라고 입었던 옷이고, 이건 거인들 사이에서 밟히지 않게 잘 보이라고 입었던 옷이고, 이건 물이 가득한 곳에서 둥둥 뜰 수 있게 하는 옷이었다. 마녀는 처음에 진돌이에게 가게 안에만 있어야 한다고 했었는데 여기저기 산책을 나간 일이 꽤 됐다. 어떨 때는 나가기 귀찮은데 마녀가 진돌이에게 처음 오는 곳이라고 얼른 나가자고 할 때도 있었다.

이 옷 저 옷을 살피며 추억에 젖는 것도 잠시, 아무리 뒤적거려도 마녀가 보이지 않았다. 참, 마녀는 크니까 이 사이에 숨을 수 없겠다! 방을 나가기 전에 진돌이는 벽 아래쪽에 있는 거울로 자기 자신을 살폈다. 전에 커다란 개랑 같이 온 손님이 돌아간 이후로 가끔 마녀가 그 손님처럼 칭찬해 주기 시작했다. 마녀의 말처럼 자신은 아주 귀엽고 예쁘고 사랑스럽고 잘생겼다. 그래서 자신에게 푹 빠진 나머지 마녀가 이런 옷을 사는 걸까. 자신에겐 할머니가 있는데……. 맞다, 할머니!

진돌이는 다시 마녀를 찾아 다녔다. 진돌이 전용 문이 없는 방도 있었지만 손잡이를 내리면 쉽게 열렸다.

아무것도 없이 새하얀 방도 있었고, 문을 열자마자 우주가 펼쳐진 방도 있었고, 꽃이 만발한 방, 책이 가득한 방에도 마녀는 없었다. 끼잉거리고 있던 찰나에 꽃과 꿀, 포도가 뒤섞인 향이 포착됐다. 마녀가 커피를 마시고 있나 보다! 진돌이는 한달음에 달려갔다.

천장도, 벽도 모두 유리인 공간이었다. 살짝 열린 창문 사이로 빗줄기가 쏟아져 들어왔다. 거세게 내리치는 빗줄기 사이로 번쩍거리는 빛이 보이고 뒤이어 천둥소리가 뒤따라왔다. 진돌이는 깜짝 놀라서 꼬리를 다리 사이에 말고 서둘러 마녀에게 달려갔다. 마녀가 바로 자신을 쓰다듬고 안아줄 줄 알았는데, 마녀는 유리 너머만 하염없이 바라보고 있었다.

마녀의 얼굴에는 슬픔이 가득했다. 마녀도 자신처럼 소중한 누군가를 떠나보낸 게 분명했다. 진돌이는 두려움을 떨치고 마녀의 허벅지 위로 얼굴을 올렸다. 마녀의 손길이 자신에게 위로가 되었던 것처럼 자신의 온기가 마녀에게 위로가 되길 바라면서.

"진돌이구나……. 너와 같이 있다는 사실을 잊고 있었네. 미안."

그제야 마녀가 정신을 차리고 다정하게 이름을 불러주고 쓰다듬어주었다. 진돌이는 꼬리를 살랑살랑 흔들며 마녀의 손길을 즐겼다. 스툴에서 넓은 소파로 바꾸자 진돌이가 바로 소파 위로 올라와 마녀에게 몸을 딱 붙였다. 테이블 위에는 잔이 두 개였다. 늘 마녀가 준비한 차를 확인한 기억이 있어서, 진돌이는 자신의 것인 줄 알고 발 하나를 테이블 위에 올렸다. 그러자 마녀가 진돌이의 발이 닿지 않게 잔을 반대쪽으로 밀었다.

"이건 내 소중한 사람이 좋아하던 거야. 진돌이 먹을 건 지금 만들어줄게."

진돌이는 마녀의 말을 듣고 어떤 꿈을 꿨는지 떠올랐다. 진돌이는 멍멍 짖다가 마녀에게 기억을 읽어보라는 뜻으로 머리를 들이밀었다. 마녀는 진돌이의 머리에 손을 얹고 진돌이가 무슨 꿈을 꿨는지, 진돌이의 할머니가 어떤 재료를 손질하고 어떻게 만들었는지 대략적으로 알아낼 수 있었다.

마녀는 기대감에 찬 눈빛으로 자신을 올려다보는 진돌이를 보고 웃음이 나왔다. 은은하게 향이 퍼져나가는 커피잔에 손을 뻗어 살며시 쓰다듬고는 자리에서 일어났다.

"다른 방으로 가자."

진돌이가 작게 짖고는 마녀를 따라 일어났다. 앞서

나가는 마녀 뒤를 따라가는데 뭔가 이상해서 뒤를 돌아봤다. 꽃, 꿀, 포도 향기 사이로 파인애플 향이 희미하게 나는 것 같았다. 진돌이는 고개를 갸웃거리다가 마녀의 부름에 꼬리를 흔들며 달려갔다.

진돌이의 기억을 바탕으로 바로 차를 만들고 싶었지만, 시간이 걸리는 작업이라는 걸 마녀도 진돌이도 인정했다. 지금 있는 행성에서 최대한 비슷한 재료를 찾아 마녀가 내민 재료들의 냄새를 맡아봤지만 다 마음에 들지 않았다. 마녀는 비슷한 거 아니냐, 혹은 그냥 이걸로 하자는 말을 한 번도 한 적이 없었다. 새로운 곳으로 이동할 때마다 재료를 열심히 찾아 진돌이에게 냄새를 맡게 했다.

그 덕분에 계피와 비슷한 향이 나는 황금색 식물과 잣처럼 모양새가 오밀조밀하고 고소한 맛이 나는 초록색 견과류, 생강처럼 알싸하게 매운맛이 나는 검은색 씨앗, 흑설탕은 찾았는데 곶감은 찾을 수가 없었다. 곶감만은 방법이 없는지 마녀가 곶감 없이 하면 안 되겠냐고 했으나 진돌이는 완강하게 고개를 내저었다. 그러자 마녀는 한숨을 쉬면서 직접 말려보겠다고 했다. 이런 건 향초 가게 사장 업무가 아니라고 투덜거리면서도 마녀는 착실하게 여러 가지 과일을 깎고 꼬치에 꽂았다. 맛과 향을 중심으로 골랐기 때문에 과일들의 색이 노랑, 빨강, 보라, 초록 등 다양했다.

그늘지면서도 바람이 잘 드는 방을 따로 만들어 과일들을 허공에 매달았다. 진돌이는 매일 눈을 뜨면 제일 먼저 과일의 상태를 확인하러 갔다. 말리는 과정에서 상한 건 버리고, 잘 말랐지만 곶감과 다른 냄새가나는 과일은 마녀와 진돌이의 뱃속으로 들어갔다.

과일이 마르는 동안 이 행성, 저 행성을 떠돌며 진돌이는 손님을 맞이하고 마녀는 향초를 만들었다. 몇개의 별이 탄생하고 폭발하고 별똥별이 되어 떨어지고 씨앗이 되었는지 모르겠다. 그러는 동안에도 은하수는 유유히 흘렀다. 할머니도 우주 어딘가에 자리 잡은 걸 알 수 있었다.

여러 과일들 중 빨간 과일이 진돌이가 기억하는 곶감처럼 하얗게 분이 나고 촉촉하면서도 꼬들꼬들하게잘 말랐는데, 색이 연분홍색으로 변해 먹고 싶다는 생각이 들지는 않았다. 마녀와 진돌이는 연분홍 반건시과일을 앞에 두고 고민하다가 진돌이가 고개를 끄덕이고서야 차를 만들기 시작했다.

지성체의 손이 닿지 않은 강에서 물을 떠오고, 탈각

한 나무 인간의 허락을 받아 껍데기를 가져왔다. 야외에서 만들면 좋겠지만 그럴 수가 없어서 아궁이가 있는 방을 만들었다. 그 위에 있는 가마솥과 나무 주걱을 깨끗하게 씻은 다음 가마솥에 물을 담고 끓였다. 물이 끓는 동안, 황금색 계피와 초록색 잣, 검은색 생강도 손질했다. 진돌이 기억 속의 할머니는 나무 계피를 하나하나 손질했는데, 이건 식물이라 흐르는 물에 잘 씻기만 하면 되니 간단했다. 문제는 검은색 생강이었다. 씨앗이라 너무 단단해서 칼이 들어가지 않았다. 할 수 없이 씨앗을 집게로 잡고 망치로 내려치는 수밖에 없었다. 망치를 휘두를 때마다 씨앗이 조금씩 찌그러지며 알싸한 향이 났다. 진돌이는 씨앗이 아예 못 쓰게 될까 봐 불안한지 가만히 있지 못하고 마녀 주위를 맴돌았다.

"모양새만 이러니까 걱정 마. 어차피 이건 물에 넣고 끓였다가 빼는 거니까 괜찮아."

"멍!"

그게 아니라 마녀가 자기 손을 찧을까 봐 걱정하는 것이었다. 하긴 망치를 쥐고 휘두르는 자세가 어설프긴 했다. 진돌이가 그만하라는 듯 코로 마녀의 어깨를 톡톡 쳐서 어쩔 수 없이 망치를 내려놨다. 그래도 씨앗이 깨진 틈 사이로 알싸한 향이 나오니 끓이면 괜찮을 것 같았다.

끓는 물에 황금색 계피와 검은색 생강을 넣었다. 얼마나 끓이면 될지 몰라 잠시 지켜보고 있다가 숙성실에 있었는데 진돌이가 다급하게 짖는 소리가 들렸다. 서둘러 돌아와 가마솥을 확인했더니 불길에 휩싸여 있었다. 바로 불을 끄고 가마솥 안을 보니 물은 모조리 증발하고 재료도 까맣게 타고 말았다. 진돌이가 아니었다면 불이 났을지도 모르겠다.

마녀는 진돌이의 흰 눈을 애써 외면하며 다시 가마솥을 닦고, 나무 인간 껍데기의 일부만 잘라 불을 붙였다. 시간이 지날수록 불이 너무 커져서 그것도 끄고, 손톱만큼 자른 껍데기 세 개 정도만 넣고 불을 지폈다. 그러자 불길이 안정적으로 타오르며 다시 물이 끓었다.

이제는 비율을 찾는 게 문제였다. 어떤 건 계피 향이 너무 강해서 진돌이가 멀리 도망갈 정도였고, 어떤 건 생강 맛이 너무 약해서 흑설탕을 타니 단맛만 났다. 얼추 된 것 같아도 진돌이가 단호하게 고개를 내저었기 때문에 손님용으로 내간 것도 많았다.

겨울을 떠올리게 하는 계피 향과 몸을 따뜻하게 해

주는 알싸한 맛, 그걸 덮어주는 달콤한 흑설탕의 조화
는 마녀와 손님들 모두 만족했다. 그러나 진돌이만은
아니었다. 마녀는 이제 그만하는 게 어떻겠냐는 말 없
이 다 떨어진 재료 대신 새로운 재료를 구하고, 바닥
에 떨어진 나뭇가지들을 주워 모으고, 가마솥을 닦고
말렸다. 불평 없이 만들고 또 만드는 마녀의 곁을 진돌
이가 묵묵히 지켰다.

수십 번의 실패 끝에 재료부터 똑같지 않아서, 할머
니가 만든 게 아니라서, 그때의 맛을 100퍼센트 구현
할 수 없다는 걸 진돌이도 받아들였다. 대신 마녀가 만
들어준, 마녀만의 차가 되었다는 것도 받아들였다. 예
전에는 할머니의 진돌이였지만 지금은 마녀의 진돌이
였으니까.

그래도 할머니는 다시 만나고 싶었다. 만나서 제대
로 인사하고 싶었다. 그런데 마녀의 진돌이가 되긴 했
지만 마녀가 만든 차의 향으로 할머니를 보러 가도 괜
찮을지 걱정됐다. 열심히 노력하는 마녀에게 물어보
지는 못하고 진돌이는 한 자리를 빙글빙글 돌며 낑낑
거리다 마녀가 부르면 마녀 옆에 얌전히 앉거나 누워
있었다. 그러나 먹을 걸 좋아하는 진돌이가 먹는 둥 마
는 둥 하니 마녀가 이상하게 여긴 건 당연한 일이었다.

옆에 딱 달라붙어서 진돌이가 좋아하는 간식을 주고, 머리부터 꼬리까지 빠짐없이 쓰다듬어주고, 은하수에서 흐르는 별 하나를 불러 이야기도 들려주니 점점 마음이 풀려서 꿍얼거리며 걱정을 털어놓았다. 마녀는 진돌이를 비웃거나 핀잔하지 않고, 다정하고 상냥하게 알려줬다.

"우리 진돌이가 그 문제로 혼자 마음고생하는 줄 몰랐네. 할머니와 함께했던 시간이 진돌이 안에 차곡차곡 쌓여 있잖아. 그 위에 나와의 추억이 더 쌓이는 거지 없어지는 게 아니란다. 그래서 빠지고 새로 자란 진돌이의 털을 재료로 삼아 진돌이와 할머니의 추억을 통해 내가 만든 수정과 향으로 향초를 만들어도 할머니를 보러 갈 수 있어. 그러니까 괜찮아."

진돌이는 연분홍색 곶감이 담긴 수정과를 빤히 보다가 마녀의 손을 핥짝거렸다. 방금까지도 수정과를 만들다 왔는지 매캐한 탄 냄새와 계피, 생강, 설탕 냄새를 비롯해, 아궁이에서 구운 과일과 채소 냄새, 은근하게 끓이는 동안 읽은 종이 냄새가 났다. 진돌이는 그 냄새를 마음껏 맡은 다음에 수정과에 있던 곶감을 씹어 먹었다. 알싸하면서도 달달한 수정과를 흠뻑 머금어 수정과 열매를 먹는 것 같았다. 할머니가 만든 곶감보다 더 달고 질척거렸지만, 맛있었다. 할머니의 사랑이 진돌이 안에 가득 있는 것처럼 마녀의 사랑이 가득한 맛이었다.

드디어 진돌이는 고개를 끄덕였다. 마녀와 진돌이는 볕이 잘 드는 방으로 갔다. 잘 데워진 바닥에 편하게 눕자 마녀가 빗을 들고 진돌이를 빗겨줬다. 평소에는 털이 하나도 빠지지 않고 빗으로 빗거나 씻겨줄 때만 털이 빠졌다. 그래서 마녀의 빗질이 너무 시원했다. 몸을 이리저리 돌려가며 꼼꼼하게 빗겨준 덕분에 졸음이 솔솔 밀려왔다. 마녀는 한 뭉텅이 빠진 털을 잘 챙겨 향초 용기에 담았다.

"쉬고 있어. 향초 만들고 올게."

느리게 눈을 깜박이던 진돌이는 마녀를 보다가 눈을 감았다. 마녀가 멀어지는 소리를 들으며 천천히 잠에 빠졌다. 꿈에 할머니가 나왔다. 그동안 아무리 뛰어도 가까워지지 않는데, 오늘은 할머니 발아래까지 달려갈 수 있었다. 할머니는 진돌이가 보이지 않는지, 어떤 사람이랑 마주 보고 앉아 차를 마시고 있었다. 누군지 궁금했지만 머리부터 발끝까지 꽁꽁 싸맨 옷을 입고 있어서 얼굴이 보이지 않고 냄새도 나지 않았다. 할머니는 그 사람과 웃으면서 대화했다. 계피나무에서 꽃이 피어나고, 달콤한 꿀에 버무린 생강이 떠다니고, 곶감과 잣과 포도 위에 설탕을 뿌린 것 같은 냄새가 허공에 떠돌았다. 행복한 듯한 할머니의 웃음소리를 들으며 배를 깔고 누웠다. 할머니에게 어리광을 부리고 싶었지만 자꾸만 졸음이 쏟아졌다. 그러고 보니 이 냄새를 어디서 맡았더라…….

"진돌아, 밥 먹자."

진돌이가 벌떡 일어나서 꼬리를 살랑살랑 흔들며 마녀에게 다가가자, 마녀가 머리를 쓰다듬어줬다. 마녀의 손에서 고기 냄새가 나는 걸 보니 오늘은 특식인 것 같았다. 진돌이는 기분이 좋아져서 밥을 향해 달려갔다. 꿈에 대한 생각은 이미 저 멀리 날아간 뒤였다.

향초가 숙성되는 걸 기다리는 동안 마녀가 주는 밥을 먹고, 물도 마시고, 산책도 했다. 시간이 엄청 느리게 가는 것 같으면서도 하루하루가 너무 빨라서 밤에 자기 싫어 버티다가 마녀의 쓰다듬을 받으며 순식간에 잠들었다. 어떤 날은 할머니가 그리워서 울었고, 어떤 날은 마녀가 좋아서 꼬리를 흔들었고, 어떤 날은 마녀와 할머니 중 누가 더 소중한지 생각하다가 시무룩해졌다. 할머니를 생각하면 마녀에게 미안하고, 마녀를 생각하면 할머니에게 미안해졌다. 곧 할머니를 만날 수 있다는 생각에 마음이 갈팡질팡했다. 향초가 잘 숙성되고 있는지 묻고 싶어도, 마녀에게 미안해서 끙끙 앓기만 했다.

그래도 할머니 덕분에 지금의 진돌이가 있는 건 사실이었다. 할머니가 없었으면 진돌이는 산을 떠돌다가 죽었을 것이다. 마녀가 할머니와의 시간 위로 마녀와의 시간이 쌓인 거라고, 없어지는 게 아니라고 말했으니, 마녀에게 솔직하게 털어놓기로 했다.

"음? 나보다 할머니를 1번으로 생각해도 괜찮으냐고? 그래도 지금은 나를 제일 좋아한다고?"

심장이 콩닥콩닥 뛰었지만, 의젓하게 앉아서 고개를 끄덕였다. 그러자 마녀가 쪼그려 앉아 진돌이와 시선을 마주치더니 두 팔을 벌려 꼭 안아주었다. 진돌이도 마녀의 어깨에 턱을 올렸다.

"그럼. 당연하지. 할머니가 1번이지. 나도 할머니한테 고마워. 할머니가 진돌이에게 애정을 쏟아서 나랑도 만날 수 있었는걸. 진돌이가 할머니 만나러 가면 내 대신 인사해 줘."

마녀의 심장도 콩닥콩닥 뛰었다. 방금까지 다른 사람의 향초를 만들다가 왔는지 달콤한 바닐라 향이 났다. 진돌이의 향초도 얼른 숙성되면 좋겠다. 할머니한 테 아주 착한 마녀를 만났다고 자랑할 수 있게, 그래 서 할머니가 안심하고 우주에서 빛날 수 있게.

수시로 향초가 잘 숙성되었는지 마녀에게 물어봤는 데, 마녀는 특별히 진돌이가 향초를 볼 수 있도록 침 실에 보관하겠다고 했다. 향초 가게 마스코트의 특권 이라는 말에 붕붕 소리가 날 정도로 꼬리를 흔들었다. 여기 오길 정말 잘했다. 마녀를 만나서 정말 다행이다. 그런 생각을 하며 수시로 침실로 가 향초를 들여다보 다가 매장으로 돌아와 마녀 곁을 맴돌았다.

자다가도 벌떡 일어나 향초를 보고 다시 잠드는 날 들이었다. 그동안 잠을 제대로 못 자서 피곤했는지 오 늘따라 꿈도 안 꾸고 깊은 잠에 빠져들었다. 그러던 중 마녀가 살살 몸을 흔들고 머리를 쓰다듬는 손길이 느 껴졌다.

"진돌아, 일어나. 향초가 완성됐어."

그 말을 듣고 벌떡 일어나자 눈앞에 평소와 똑같은 향초가 있었다. 진돌이는 이리저리 움직이며 마녀가 얼른 불을 붙여주기를 기다렸다.

"진돌이도 다른 손님처럼 방을 만들어줄까?"

마녀가 있어야 제일 마음이 편안해지니까, 마녀만 있다면 어디든 상관없었다.

"알았어. 그러면 바로 불붙여 줄게."

진돌이의 생각을 읽은 마녀가 기분 좋게 웃으며 손가락 끝에서 불꽃을 만들어 향초에 불을 붙였다. 그러자 마녀의 수정과 냄새가 은은하게 방 안으로 퍼져나갔다. 이제 향초에 동그란 구멍이 생길 때까지 기다려야 했다. 진돌이는 심장이 너무 쿵쾅거려서 마녀 옆에 딱 달라붙었다. 마녀는 아예 바닥에 엉덩이를 붙이고 앉아 진돌이를 북북 긁어주었다. 진돌이는 배를 드러내고 누워 마녀의 손길을 잔뜩 받고는 마녀의 다리 사이에 어떻게든 자리를 잡았다. 마녀는 다리가 저리다며 내려가라고 타박하면서도 진돌이를 안아주었다.

할머니는 너무 작고 약해 보여서 할머니의 다리에는 올라간 적이 없는데, 마녀는 할머니보다 튼튼하고 강해서 좋았다. 할머니는 진돌이를 만나고 뒤늦게 여러 노력을 했지만 결국 시간을 이길 수 없다며 미안하다고 하셨다. 그러니까 할머니가 마녀를 보면 안심하지 않을까?

눈이 감기고 점점 좁아지는 시야 사이로 터널이 보였다. 진돌이는 엄청나게 노력해서 마녀 쪽으로 몸을 돌리고 마녀를 바라봤다.

"뭐? 아니야. 진돌이 혼자 다녀와. 혼자 가도 괜찮아. 다른 손님들이 잘 갔다 오는 거 봤잖아. 할머니랑 단둘이 즐거운 시간 보내야지."

인상 쓰고 이를 드러내며 으르렁거렸다. 마녀에게 이러고 싶지 않았지만 곧 잠이 들 것 같아 어쩔 수 없었다.

"응? 가족이니까 서로 알고 지내야 한다고? 우리 진돌이 엄청 똑똑하네. 그치, 가족이니까 인사해야지. 맞다, 맞아. 알았어. 같이 갈 테니까 얼른 눈 감아. 향초가 다 타기 전에 와야 한다고. 진짜 같이 간다니까. 약속할게."

그제야 진돌이는 안심하고 눈을 감고 잠에 빠져들었다. 진돌이의 육체에서 영혼이 떠오르더니 마녀 옆에 서서 명랑하게 짖었다. 마녀는 진돌이의 재촉을 받으며 진돌이의 육체를 침대 위에 올려놓고 이불을 덮어줬다. 마녀는 마녀인지라 존재 그대로 터널을 통과할 수 있었다. 마녀와 진돌이는 사이좋게 허공에 떠 있는 터널로 들어갔다.

진돌이는 향초 색과 같은 따뜻한 갈색빛의 터널이 신기한지 잠깐 고개를 갸웃거리다가 터널 곳곳에서 나는 수정과 향을 맡고는 이내 빠른 속도로 뛰어갔다.

"같이 가자며!"

아무리 마녀라도 육체가 있는 존재라서 영혼 상태인 진돌이의 속도를 따라잡는 건 무리였다. 얼른 따라오라며 멍멍거리는 소리가 점점 멀어지는 걸 듣고 웃고 말았다. 혼자 터널을 건너가기 무서워하는 어린 존재나 약한 존재를 위해 함께 간 적이 있어서 터널을 통과하는 게 처음은 아니었다. 마녀가 천천히 가야 진돌이와 할머니 단둘만의 시간이 길어질 테니 발걸음을 재촉하지 않았다. 언제 자신만의 터널을 지날 수 있을까, 향초를 만들 수는 있을까 한숨을 삼키며 걷고 있는데 멍멍거리는 소리가 다시 가까워졌다.

"진돌아? 왜 돌아와? 얼른 가서 할머니 만나야지."

순식간에 다가온 진돌이가 마녀의 바짓자락을 물어잡아당겼다. 왜 그러는지 생각을 읽으려고 해도 기쁨과 놀람만이 폭죽처럼 터지며 너무 흥분한 터라 제대로 읽을 수가 없었다. 마녀는 진돌이의 재촉에 속도를 조금씩 높이더니 결국 뛰게 되었다. 그리 길지 않은 거리인데도 어찌나 힘든지 심장이 터질 것만 같았다.

빛이 쏟아지는 터널 끝을 지나자 탁 트인 초록색 들판이 눈에 들어왔다. 덩그러니 놓인 커다란 원형 테이블에는 두 사람이 마주 보고 앉아 있었다. 가볍게 불어오는 바람 사이로 그동안 마녀가 열심히 만들어서 터널에서도 나는 수정과 향과 비가 올 때마다 마녀가 염원을 담아 만들던 향이 났다.

마녀와 진돌이는 풀밭을 가르고, 바람을 가르며 터질 듯한 심장을 달래며 그리운 향기를 향해 뛰었다. 그동안 마녀가 보낸 커피 향기가 잠을 자는 데 도움이 됐는지 반질반질한 얼굴에 화가 났다가 웃음이 났다가 울음이 나왔다. 두 손 가득 들어오는 육체는 따뜻하고 단단했다. 살아 있었다. 향초를 만들 수 없는 걸 보고 살아 있을 거라는 희망을 가지고 있었지만, 정말로 살아 있었다. 머리카락 길이도 우주로 떠날 때와 달라진 게 없는 것 같았다. 애정을 듬뿍 담아 다정히 빛나던 눈동자도, 마녀를 보면 늘 웃고 있는 입술도 다 그대로였다.

어떻게 별 하나에 생전에 인연이 없던 이가, 그것도 살아 있는 존재가 머무를 수 있는지 알 수 없었다. 그래서 그동안 그리운 이들을 만나게 해준 덕분에, 행복해진 별들이 마녀를 위해 기적을 일으켜 줬다고 생각하기로 했다. 인자하게 웃으며 이쪽을 바라보는 할머니를 보면 그리 틀린 말도 아닌 것 같았다.

"다녀왔어. 많이 늦었지?"

"엄청. 별로 당분간 집안일 네가 다 해. 커피도 네가 내리고. 그리고, 그리고 같이 마시자. 오늘도, 내일도……."

이제는 커피를 마실 수 있을 것 같았다. 마녀의 이름을 불러주는 사람과 마주 앉아 아주 행복하게.

작가의 말

안녕하세요, 김청귤입니다.

이 소설은 브릿G에서 〈은하향초〉 시리즈로 올리던 엽편소설들을 다듬어서 엮은 것입니다. 공모전에 당선되고 나서부터 소설을 써서 브릿G에 올렸습니다. 당선은 됐는데 앞으로 어떻게 해야 할지 모르겠고, 굉장히 막막하고 불안하고 불안정한 날들이었지만, 아무것도 없어서 쓰고 싶은 걸 마음대로 쓰는 날들이기도 했습니다.

그때 쓴 소설들이 책으로 나오는 게 무척이나 신기합니다. 아무것도 아닌 건 아니었구나, 싶어요. 뿌려둔 씨앗이 자라는 과정은 힘들었지만, 그래도 잘 자라서 거두는 느낌입니다.

예전에 향초에 관심이 생긴 적이 있었습니다. 향초를 사서 불을 붙인 뒤 할 일을 하고 났더니 향초 가장 자리는 녹지 않고 가운데만 동그랗게 녹았어요. 터널 링 현상이라고 하더라고요. 저는 포일로 감싸기도 하고 완전히 탈 때까지 두면 다 녹는다고 해서 끝까지 태워보기도 했는데 늘 터널링 현상이 생기더라고요.

이제는 향초를 태우지는 않습니다만, 그 당시에는 향초의 터널을 타고 우주로 가서 보고 싶은 존재를 만날 수 있는 이야기가 떠올랐습니다. 발길 닿는 대로 걷다가 우연히 다정하게 위로해 주는 마녀가 운영하는 향초 가게를 발견하게 되는 거죠. 브릿G에 이 소설의 시작인 「우주로 가는 터널 – 레몬 편」이 남아 있으니 관심이 생긴다면 들러주세요.

향초 가게를 만나지 못해 우주를 가로지를 수는 없더라도, 그리운 존재가 우주 어딘가에서 반짝반짝 존재한다고 생각하며 때때로 하늘을 올려다보면 좋겠습니다.

이 책을 읽어주신 분들께 감사드립니다. 가끔은 힘들고 지칠 때가 있겠지만, 그보다 더 많이 즐겁고 행복하시길 바랍니다.

다정한 당신이 행복하기를 바라며,

김청귤 드림.

우주를 가로지르는 은하향초

초판 1쇄 인쇄 2025년 8월 22일
초판 1쇄 발행 2025년 8월 28일

지은이 김청균
펴낸이 김선식

부사장 김은영
콘텐츠사업2본부장 박현미
책임편집 정지혜 **책임마케터** 오서영
콘텐츠사업6팀장 임경섭 **콘텐츠사업6팀** 정지혜, 곽수빈, 조용우, 이한민, 이현진
마케팅1팀 박태준, 권오권, 오서영, 문서희
미디어홍보본부장 정명찬 **브랜드홍보팀** 오수미, 서가을, 김은지, 이소영, 박장미, 박주현
채널홍보팀 김민정, 정세림, 고나연, 변승주, 홍수경
영상홍보팀 이수인, 염아라, 김혜원, 이지연
편집관리팀 조세현, 김호주, 백설희 **저작권팀** 성민경, 이슬, 윤제희
재무관리팀 하미선, 임혜정, 이슬기, 김주영, 오지수
인사총무팀 강미숙, 이정환, 김혜진, 황종원
제작관리팀 이소현, 김소영, 김진경, 이지우, 황인우
물류관리팀 김형기, 김선진, 주정훈, 양문현, 채원석, 박재연, 이준희, 이민운
외부스태프(디자인) 강지구

펴낸곳 다산북스 **출판등록** 2005년 12월 23일 제313- 2005- 00277호
주소 경기도 파주시 회동길 490
전화 02-704-1724 **팩스** 02-703-2219
이메일 dasanbooks@dasanbooks.com
홈페이지 www.dasan.group **블로그** blog.naver.com/dasan_books
용지 신승INC **인쇄** 한영문화사 **코팅 및 후가공** 제이오엘앤피 **제본** 한영문화사

ISBN 979-11-306-6935-9 (03810)

· 책값은 뒤표지에 있습니다.
· 파본은 구입하신 서점에서 교환해 드립니다.
· 이 책은 저작권법에 의하여 보호를 받는 저작물이므로 무단 전재와 복제를 금합니다.